U0507593

[日]江户川乱步 /著

郭青青 / 译

民主与建设出版社
·北京·

图书在版编目（CIP）数据

阴兽 /（日）江户川乱步著；郭青青译. --北京：
民主与建设出版社，2022.8
ISBN 978-7-5139-3919-5

Ⅰ.①阴…　Ⅱ.①江…　②郭…　Ⅲ.①推理小说－日
本－现代　Ⅳ.①I313.45

中国版本图书馆CIP数据核字（2022）第142640号

阴兽
YINSHOU

著　　者	［日］江户川乱步	
译　　者	郭青青	
责任编辑	胡　萍　宁莲佳	
封面设计	尚上文化	
出版发行	民主与建设出版社有限责任公司	
电　　话	（010）59417747　59419778	
社　　址	北京市海淀区西三环中路10号望海楼E座7层	
邮　　编	100142	
印　　刷	三河市骏杰印刷有限公司	
版　　次	2022年8月第1版	
印　　次	2022年9月第1次印刷	
开　　本	880毫米×1230毫米　1/32	
印　　张	8	
字　　数	165千字	
书　　号	ISBN 978-7-5139-3919-5	
定　　价	49.80元	

注：如有印、装质量问题，请与出版社联系。

目 录 CONTENTS

阴兽

1

　　我时常在想，推理小说家可以分为两种：一种姑且称之为犯罪型。这类小说家只对犯罪感兴趣，即便是创作推理小说，也必须要对犯人的嗜虐心理细致描写一番方能满足。另一种不妨称之为侦探型。这类小说家心理健全，只对严谨的推理过程感兴趣，全然不在意罪犯的心理。接下来我要介绍的推理作家大江春泥属于前者，而我自己应该属于后者。我创作犯罪题材的推理小说纯粹是因为我喜欢推理过程中涉及的科学逻辑，我本人从不为非作歹。确切地说，恐怕没几个人比我更注重道德素养。我这种好人会偶然跟这件事扯上关系，完全是出于意外。若我对道德的感知能力稍稍迟钝一些，或是具备些许恶人的素质，或许现在也不至于如此懊悔，也不用在谜团的深渊中苦苦挣扎了。不仅如此，说不定我现在已经坐拥娇艳的妻子与不菲的资产，正在某处享受着美好的生活。

　　事情已经过去很长一段时间，虽然那个可怕的谜团依然未能解开，但随着鲜活的事物逐渐远去，那段经历也逐渐化作了回忆。于是，我决定将其记录下来。若是将其整理成小说，一定非常精彩吧！但即便写完，我也没有勇气立马发表。因为这篇记录文的重要组成部分——小山田离奇死亡事件依然残留在世人的记忆里，不管我如何更名润色，都不会有人相信这是一部纯粹虚构的小说。在这偌大的世间，难免会有人因此受到牵连。若是被人发现，我自身也会感到羞愧难当。不，确切地说，是感到害怕。因为不仅是事件本身如白日梦般古怪离奇、骇人听闻，连我对此事展开的猜想也无比诡异，甚至令我自身感到不适。时至今日，每当想起这件事情，我的头顶便会布满阴云，耳边随之传来轰隆的击鼓声，眼前骤然一片黑暗，世界也变得诡异起来。

因此，我不打算立刻发表这篇记录文，但总有一天我会以此为素材，创作一部我最擅长的推理小说。说白了这就相当于一起事件的备忘录，用来记录一些详细的记忆。因此，我拿出一本只写了正月部分，其余全部留白的老式笔记本，怀着写长篇日记的心情，开始提笔写了起来。

在进入主题之前，为便于理解，我想先详细介绍一下故事的主人公——推理作家大江春泥的为人、作品风格及其非同寻常的生活方式。实际上，在此事发生之前，我只接触过他的作品，虽然我们在杂志上有过争论，但私下并无往来，我对他的生活也知之甚少。手中仅有的一些信息也是事发后通过我的朋友本田获得的。因此，关于春泥的情况，我记录的只是从本田那打听调查到的事实。为避免混乱，我决定按照事件发生的顺序，从我被卷入这件怪事的最初契机开始写起。

那是去年秋天十月中旬发生的事情。因为突然想看古佛像，我特意来到了上野的帝室博物馆。当时我正在一个昏暗空旷的展览室内轻手轻脚地走动着。展览室内空荡荡的，稍有响动便会产生可怕的回音，我不仅要控制脚步声，连咳嗽也得十分小心。不知出于何种原因不受待见，博物馆内空无一人。陈列柜上的巨大玻璃闪着寒光，铺有亚麻油毡的地板上不见一丝灰尘，天花板修得很高，如同寺庙正殿一般。整栋建筑仿佛置身于水底，四周一片死寂。

正当我站在某个房间的陈列柜前出神地打量着一尊古老的木雕菩萨梦幻般的性感外形时，背后突然传来轻微的脚步声与丝绸的摩擦声，有人在朝这边靠近。我顿时心头一紧，连忙看向前面玻璃里倒映出的人影。只见一名身穿黄八丈红枫①图案的夹衣，梳着丸子发髻的优雅女性站在了我身后，她的身影与菩萨恰好重叠在一起。过了一会儿，她走到与我并肩的位置，一动不动地注视着我眼前的那尊佛像。

说来有些难为情，我在欣赏佛像时，眼睛会不时地偷瞟这位女性。她的样子实在令人着迷。她有着白皙的脸庞，我从未见过如此白得恰到好处的肤色。若这世间真的存在美人鱼，一定也有着像她那样明艳的肌肤吧。她长着一张充满古典气息的瓜子脸，无论是眉毛、鼻子、嘴巴、脖子还是肩膀，所有部位的线条都纤细柔美，如同古代小说家形容的"仿佛轻轻一触便消失不见"。我至今仍无法忘记她纤长睫毛下如梦似幻般的眼神。

至于当时是谁先开的口，我已经记不起来了。大概是我先找

---

① 一种日本红枫，广泛分布于日本、中国、韩国。

借口搭的话吧。我与她简单地谈论了一番面前的展品，随后一起在博物馆内逛了一圈。离开时我们一同从上野的山里走到了山下，途中有一搭没一搭地闲聊了许久。

聊天的过程中，我越发觉得她风情万种。尤其是她笑起来的时候，娇羞中带着柔弱，宛若古油画里的圣女像，或好似蒙娜丽莎的微笑，这份特别感深深地吸引着我。她有着又白又大的虎牙，笑起来的时候，唇角刚好碰到虎牙，形成了一道神秘的弧线。她的右脸颊上有一颗较大的黑痣，与嘴角的弧线相呼应，呈现出温柔可人的表情。

如若我没有发现她脖颈上的怪异痕迹，或许她在我心目中也只是一个优雅温婉、柔弱易碎的美人，并不会对我产生那般强烈的吸引力。尽管她用和服衣领巧妙地加以掩盖，但在下山途中，我还是无意间瞥见了那道痕迹。那是一条如同胎记般的粗肿红痕，估摸延伸到了背部。看起来像天生的胎记，又像是近日留下的伤痕。那白皙的肌肤上，那细腻而纤弱的脖颈上，盘踞着一条仿佛由无数深红色的毛线交缠而成的肿痕，残忍中莫名地透着一丝性感。见到那一幕，她那如梦似幻般的美貌顿时多了几分真切的现实感。

通过交谈我才得知，她是合资公司碌碌商会的出资会员——实业家小山田六郎的夫人小山田静子。走运的是，她也是推理小说爱好者，尤其喜欢读我的作品（我至今仍记得听到这番话时欢欣雀跃的心情）。有了作家和书迷这层关系，我们也自然而然地熟络起来，而我也不用苦恼从此再也见不到这位美人。自那以后，我们发展成了书信之交。

年纪轻轻的静子竟来参观无人问津的博物馆，高雅脱俗的兴趣令我萌生了一丝好感。此外，她还喜爱阅读我极具逻辑性的推理小说，这一点令我倍感亲切，我已经彻底迷上了她。每当我寄出一封毫无意义的信件，她总会凭着女性独有的温柔，逐一予以回信。对于我这种寂寞的单身汉而言，能结识这样一位温柔高雅的女性朋友，自是喜不自禁。

2

　　我与小山田静子的书信交流持续了数月。不可否认，通信期间，我小心翼翼地在信件里夹杂了某种情感。兴许是我的错觉，静子的回信中除了惯有的客套，似乎也谨慎地回应了我的心意。说来有些难为情，我费尽心思地打听到静子的丈夫小山田六郎不仅比她年长许多，长相也十分显老，头上更是寸草不生。

　　后来，在今年二月左右，静子的信中开始出现一些怪异的措辞。她似乎很惧怕某样东西。

　　"最近内心倍感不安，时常半夜醒来。"

　　她曾在信中如此写道。虽只有寥寥几句，却能从字里行间真切感受到她恐惧的心理。某次她还在信中问道：

　　"不知先生是否认识一位叫大江春泥的推理作家？如果您知道他的住址，能否告诉我？"

　　当然，我对大江春泥的作品十分了解，但春泥这人不爱抛头露面，从不参加作家聚会，我们私下并无往来。而且，他去年下半年突然封笔，并搬了住处，谁也不清楚他的住址。我在信中如此答复静子。出于后续提到的原因，一想到她的恐惧可能与大江春泥存在关联，我便倍感不快。

不久后，静子寄来一张明信片，上面写着：我有事想与您商谈，能否前来拜访您一趟？我虽隐约猜到了"商谈"的内容，但并没有意识到事情的严重性。当时的我对再会场面充满期待，甚至开始浮想联翩。静子收到我"静候光临"的回信后，当天便赶来了我的住处。等我到玄关处迎接她时，却被她憔悴的面容吓了一跳。而她所谓的"商谈"更是诡异离奇，将我此前的美好幻想全部一扫而空。

"我想了许久，实在不知该如何解决，只好前来向您求助。我想，先生或许会愿意倾听我的苦恼……但我与先生刚结识不久，倾诉这些恐会有失礼节。"

静子抬眼看向我，朝我无力地笑了笑，露出洁白的虎牙，脸上的黑痣也变得更加醒目。当时正值寒冷时节，我在办公桌旁放了一个长方形紫檀火炉，她端坐在火炉的另一侧，双手搭在火炉边缘。那双手如同她的身形一般，纤柔、细长、娇弱但绝不消瘦，肤色白皙但绝不病态。那手看似柔弱易碎，但又充满弹力。不仅是手指，她整个人亦是如此。

见她如此苦恼，我也下意识地严肃起来，连忙回道："只要我能帮上忙的，请尽管说。"

"这是一件极其可怕的事情。"

她以此为开端，穿插自己幼年时期的经历，向我讲述了一件离奇的事情。

根据静子的描述，她的身世情况大致为：故乡在静冈，从女校毕业前，一直在那里过着幸福安稳的生活。唯一不幸的是，在女校上四年级时，她经不住一个名叫平田一郎的青年的花言巧语，与他发展过一段短暂的恋情。为何称之为不幸呢？因为当时她只是心血来潮，想尝尝恋爱的滋味，并非真心喜欢平田。她虽是逢场作戏，对方却动了真心。她试图躲避纠缠不休的平田一郎，可她越是闪躲，青年就越是穷追不舍。到最后，她家围墙外深夜时常有黑影徘徊，甚至不时收到恐吓信件。年仅十八岁的她被对方这种恐怖的报复行为吓得瑟瑟发抖，父母见到女儿惊恐万分的样子也十分心疼。

恰在此时，静子一家遭遇了一场重大变故，但对静子来说，这或许是不幸中的万幸。由于财经界剧烈动荡，她父亲被迫扔下巨额债款，草草关闭商铺，携家人连夜潜逃，投奔了彦根的一位旧友，在那里过上了隐姓埋名的生活。静子也不得不中途辍学，她也因此得以摆脱平田一郎的纠缠，内心也松了口气。

由于这场意外变故，父亲不久后便因病去世。静子与母亲相依为命，度过了一段艰难的日子。但不幸并没有持续太久。出生于她们所在村庄的实业家小山田很快出现在母女二人面前，并向她们伸出了援手。小山田对静子一见钟情，托媒人前来提亲。静子也不讨厌小山田，两人虽相差十多岁，但她对于小山田沉稳干练的绅士举止怀有莫名的崇拜感。婚事顺利举行，婚后小山田带着静子和丈母娘回到了东京的宅邸，在那里度过了七年的时光。婚后第三年，静子的母亲病故，不久后，小山田被公司委以重任，去国外工作了两年（于前年底回国，两年来，静子每天学习茶道、花道、音乐等，以排解独居的寂寞）。除此之外，一家人风平浪静，夫妻间也相处融洽，过着幸福美满的生活。丈夫小山田吃苦耐劳，七年来积累了不少资产，如今已在业界打下了坚不可摧的根基。

"说来甚是惭愧，我在结婚时对小山田说了谎，隐瞒了平田一郎的事情。"

静子羞愧而悲伤地垂下纤长的睫毛，双眸噙满泪水，用细若蚊蝇的声音说道。

"小山田不知从哪儿听说了平田一郎的名字，开始对我有所怀疑。我坚决表示除了小山田，从未与其他男子有过往来，刻意隐瞒了我与平田的关系。小山田越是怀疑，我就越是遮掩。人永远不知道不幸会隐藏在何处，想来真叫人害怕。七年前的谎言并非出于恶意，谁知竟埋下祸根，今日以这种方式来折磨我。我本已将平田忘得一干二净，直至某天突然收到他的来信。说实话，刚看到信件上的署名时，我花了好长时间才反应过来这人是谁。我真的已经完全忘记了他的存在。"

静子说着，向我递来几封平田的来信。这些信件后来一直放在我这里保管，现在也仍在我手中。为便于说明事情的来龙去脉，我决定在下方贴出第一封来信的内容：

静子小姐，我终于找到你了。你应该还没发现吧？其实我遇见你之后就一直在跟踪你，并借此摸清了你的住处，而且我也知道你现在姓小山田。你该不会忘了平田一郎吧？你应该还记得我这个惹人讨厌的家伙吧？你这种薄情之人自是无法理解我被你抛弃之后是何等苦闷。我备受煎熬，深夜数次在你家房屋周围徘徊。可我越是热情，你便越是冷淡。你逃避我，惧怕我，甚至开始憎恨我。你能体会一个男人被恋人憎恨的心情吗？于是，我的苦闷化作悲叹，悲叹化作憎恨，憎恨凝结成复仇的念头，这也是在所难免的吧？你趁着家中遭遇变故，连招呼也不打，便逃也似的从我面前消失。我日日茶饭不思，将自己关在书房里，并暗暗发誓要借机复仇。当时我还年轻，不知如何打听你的行踪。你父亲负债累累，走之前没有向任何人透露去向，彻底隐藏了起来。我不知何时能再与你相遇。但一生何其漫长，我不信这辈子再也见不到你。

我穷困潦倒，只有努力工作才能填饱肚子，那是阻碍我寻找你的一大重要因素。一年、两年……光阴似箭，我仍在贫困的生活中苦苦挣扎。工作的劳累让我逐渐忘却了对你的恨。我每日专注于工作糊口。大约三年前，一场好运突然降临，在被所有职业劝退，坠入失望的谷底时，我写了一篇小说以解烦闷。谁知我的作品得到赏识，此后我开始以写作为生。你现在依然会读小说，应该听说过大江春泥这个推理作家吧？据说他已经停笔了将近一年，但世人仍无法忘记他的名字。那个大江春泥其实就是我。你以为我会沉溺于小说家的虚名而忘记对你的仇恨吗？不，当然不会！那些血腥残忍的小说正是我怀着对你的强烈怨恨创作出来的，当中的猜疑心、偏执、残忍……全都来自我执拗的复仇心理。若我的读者知晓，必然会被当中萦绕的妖气吓得瑟瑟发抖。

静子小姐，如今我已经过上了安稳的生活，只要金钱与时间允许，我就会努力去找你。当然，我并不奢望你能回到我身边。我已娶妻，那是我为了解决生活不便而娶的形式上的妻子。但对我而言，妻子和恋人完全是两码事。娶妻并不意味着我会忘却对恋人的仇恨。

静子小姐，我终于找到你了。我激动到浑身发抖，多年的愿望终于得以实现。很长一段时间，我一直怀着构筑小说剧情般的激动心情，策划对你的复仇方案，构思是最能让你感到痛苦、恐惧的方法。如今我终于迎来了实践的机会。你应该能感受到我的欣喜吧？

你无法借助警察或其他人的力量妨碍我的计划，因为我已做好万全的准备。这一年来，报社记者和杂志记者都在传我下落不明。其实这跟复仇计划毫无关系，只因我讨厌与人接触，才特意隐藏了自身的踪迹。但没想到这点反而帮到了我，我可以轻松地从这世间销声匿迹，然后暗中对你实施复仇计划。

你一定很想知道我的计划吧？但我不能全部告诉你，恐怖这种东西只有逐渐逼近才能达到效果。但如果你实在想知道，我也可以大方地告诉你部分计划。比如，我可以分毫不差地说出三天前（即一月三十一日）的晚上，发生在你家中及你身边的细微琐事。

晚间七点到七点半之间，你倚靠在卧室的小书桌上阅读小说。你读的是广津柳浪的短篇集《变目传》，当时看完了《变目传》这一章。七点半到七点四十分之间，你命女佣端来茶点，吃了两个风月红豆饼，喝了三杯茶。七点四十分去了趟厕所，约五分钟后返回卧室，边织毛线边思考问题。九点十分，你丈夫回到家中。九点二十分至十点多，你陪丈夫喝酒、闲聊。你在丈夫的劝说下喝了半杯葡萄酒。那瓶葡萄酒是新开的，杯里不小心掉进去一块软木塞碎片，你用手指将其捞了出来。喝完酒后，你立刻命女佣为你们铺床。两人如厕后就寝。到了十一点，两人都未能入睡。你再次躺到床上时，家里稍慢的座钟刚好报时十一点整。

看到这份如列车时刻表般的详细记录，你不觉得恐怖吗？

致夺走我毕生挚爱的女子。

复仇者

二月三日深夜

"我很早以前就听过大江春泥这个名字，但我无论如何也没想到那竟然是平田一郎的笔名。"静子苦涩地说道。其实，很少有作家知晓大江春泥的本名。若不翻看他作品的底页，若不是因频繁来访的本田偶然提起，我恐怕永远不会知道平田这个名字。他就是这么一个不喜与人往来、不爱抛头露面的人。

平田的恐吓信还有三封，内容大同小异（邮戳上显示的邮局名称各不相同），均以恶毒的复仇诅咒开头，接着按照时间线详细描述静子某夜的举动。尤其是卧房的秘密，描绘得细致入微、香艳露骨。连一些令人脸红心跳的行为和言语都未能放过。

我十分理解静子将这种信件交予他人阅读，内心是何等的羞耻与痛苦。可她宁愿忍受这种不堪，也要前来找我商谈，可见她已经到了走投无路的地步。这一方面说明她十分惧怕丈夫知晓自己的过去，也就是她婚前并非处女的事实；另一方面也说明她对我足够信任。

"除了丈夫那边的亲戚，我身边没有一个亲人，也没有一个好友可以商量这种事情。请原谅我的失礼，我只是想着若我诚心求助，先生一定会愿意为我出谋划策……"

听完她的话语，我激动得胸口扑通直跳，这位美人竟然如此信任我！她会想到找我商量，多半因为我与大江春泥同为推理作家，至少在小说领域，我是个出色的推理作家。但若非对我抱有一定程度的信任与好感，她也不会来找我商量这种事情。

毫无疑问，我答应了静子的请求，并承诺会尽力为她解围。大江春泥能对静子的言行举止了如指掌，要么暗中收买了小山田家的用人，要么亲自潜入宅院，躲在了静子身边，或是采用了其他类似的卑劣手段。从他以往的作风来看，完全有可能做出这种古怪的事来。于是我询问静子是否察觉到了什么异常，但出乎意料的是，她说没有发现任何异样。用人常年住在家中，彼此十分了解。丈夫平日也十分注重安保，宅院大门、围墙等修得十分牢固。即便对方有能力潜入宅院，也很难在不被用人察觉的情况下靠近身处里屋的静子。

　　说实话，我不相信大江春泥有这般本事。他不过是个推理小说作家，何来这种能耐？他顶多只能动动笔，写几封恐吓信吓唬静子，除此之外也别无他法。可他为何能将静子的举止描述得如此详尽？这点确实令我迷惑不解，大概是用了某种类似魔术的伎俩，投机取巧地从他人口中打听来的吧。于是我说出自己的猜想，借此安慰静子，并向她保证一定会找到大江春泥，尽可能劝他停止这种愚蠢的恶作剧，然后请她先回家。当时我认为与其去琢磨大江春泥的恐吓信，不如先想办法安抚静子。当然，主要因为后者让我更愉快。静子离开的时候，我提醒说："最好别把这事告诉你先生，这不是什么大事，没必要牺牲你隐藏多年的秘密。"愚蠢的我只想尽可能长久地与静子分享连她丈夫都不知晓的秘密。

　　但我也在积极地寻找大江春泥的下落。我一直很反感与自己的写作风格截然相反的春泥。每当看到他用充满女性猜忌心理的牢骚语句博得变态读者的喝彩，并为此沾沾自喜时，我都莫名地感到恼火。所以，若一切顺利，或许我还能借此机会揭发他的丑陋行径，让他颜面尽失。可我万万没有想到，寻找大江春泥的下落竟会如此困难。

3

正如信中提到的那样，大江春泥是四年前崭露头角的推理小说家。他的处女作一经发表，便在缺少日本人原创推理小说的读书界引起热烈反响。说得夸张点，他一跃成了读书界的新宠。春泥本是一位超低产作家，却在报纸杂志上接连发表新作。他的作品充斥着血腥暴力、阴暗邪恶的情节，令人看完背脊发凉、汗毛直立。但这反而成了吸引读者的看点，令他的人气居高不下。

我原本是青少年小说家，几乎与大江春泥在同一时期转入推理小说领域，在相对冷清的推理小说界也算小有名气。大江春泥与我的写作风格可谓完全相反。他的作品阴暗、病态、冗杂，我的则积极明快、贴合常识。于是，我们在推理小说领域展开了激烈的角逐，甚至互相贬低对方的作品。说来实在恼火，挑起论战的人常常是我，春泥只是偶尔反驳我的见解，大多数时候都保持沉默，继续若无其事地发表恐怖作品。我虽然嘴上贬低，但内心仍会忍不住感叹他作品中蕴藏的妖气。他身上有一种燃不尽的阴火般的热情（若像信中说的，这一切源于对静子与日俱增的怨恨，倒也能理解）和一种难以言喻的吸引力，令读者为之倾倒。坦白说，每当他的作品获得热烈赞赏，我都会莫名地心生妒意，甚至会幼稚地抱有敌意，并在心底暗暗发誓一定要超过他。但从一年前开始，他突然停止写作，从大众视野中销声匿迹。并非因为他人气衰退，连杂志社编辑也在四处寻找他的下落，但不知为何，他像是从人间蒸发了一般。我虽与他是死对头，但他突然消失，我多少有些伤感。说幼稚点就是失去了一个优秀的对手，为此感到失落。可我无论如何也没想到，我竟会通过小山田静子了解到大江春泥的近况。说来不怕见笑，在此等诡异的局面下，我竟有些期待与昔日竞争对手的重逢。

　　仔细想来，大江春泥会将推理小说里的虚构情节转为实际行动，或许是必然的结果。正如曾经某位读者总结的那般：他是一个"空想型犯罪者"。他怀着杀人狂般的兴致与激情，在纸上经营着血腥的犯罪生活。读者想必很难忘记他作品中萦绕着的诡异妖气，以及当中充斥着的近乎扭曲的猜疑心、秘密癖与嗜虐性吧。他甚至在某部作品中写下了这样一段话语：

　　"终于，单纯写小说已经无法让他得到满足。他厌倦了这世间的无趣与平庸，只好将扭曲的幻想世界呈现在纸上，借此获得乐趣。这就是他创作小说的最初动机。但如今的他已经对小说感到厌烦。接下来还有什么能为他带来刺激感呢？犯罪，没错，只剩犯罪了。在尝尽所有手段后，如今唯有犯罪能为他带来梦寐以求的战栗。"

　　身为作家，他的日常行为极其古怪。他性格孤僻，行踪诡秘。这在同行与杂志记者间已是公开的秘密。鲜少有人能进入他的书房。不管是多么有声望的前辈，他都会毫不留情地予以回绝。而且，他时常更换住所，常年称有病在身，从不参加作家聚会等公开活动。传言他终日躺在凌乱不堪的床上，连吃饭、写作都躺着完成。白天他会将护窗板关上，只打开一盏五瓦的电灯，窝在脏乱的床上，构思充满个人特色的恐怖情节。

他停笔且下落不明后，我暗暗想过他是否会像小说中描写的那般，蛰居在浅草一带遍布垃圾的陋巷中，将虚构的手法运用于现实。谁知不到半年后，他果然以幻想践行者的身份出现在我面前。

要摸清春泥的下落，询问报社文艺部或是杂志社外勤记者是最简单有效的途径。春泥的日常行为十分古怪，素日鲜少与来访者接触。杂志社也调查过他的行踪，但毫无收获。若非关系特别的记者，恐怕很难问出有用的线索。所幸我熟识的杂志记者当中，刚好有一人符合条件。那人名叫本田，是博文馆的一名外勤记者，他有段时间专门负责向春泥组稿，几乎成了春泥的专项负责人。加上他本身是外勤记者，侦查手段也十分了得。

于是，我打电话邀请本田来到家中，先向他打听了春泥的生活状况。本田以谈论游戏玩伴的口吻说道：

"春泥啊，那家伙简直不像话。"

他像财神爷一样嬉笑着轻松回答了我的问题。

据本田透露，春泥刚开始写小说的时候住在郊区池袋的出租屋里，随着名气和收入上涨，更换的房子也越来越大（但基本都是廉价长屋①）。例如牛込的喜久井町、根岸、谷中初音町、日暮

---

①日本并排建造的一种集体住宅，相邻的房屋共用一堵墙壁，但每一个住户都有一个单独与外部相连的玄关和通道。

里金杉等，本田列举了七个春泥两年来居住过的地方。搬到根岸后，春泥终于成了畅销作家，各大杂志记者蜂拥而至，他孤僻的性格也从那时候开始显露。他家平日总是大门紧闭，只留后门供妻子出入。即便有访客上门，也假装不在，事后再递上一封写有"抱歉，我不喜与人往来，有事信件联系"的道歉函。大多数记者都会因此打退堂鼓，真正与春泥交谈过的寥寥无几。就连习惯了小说家种种怪癖的杂志记者，也对春泥孤僻的性格感到束手无策。

但好在春泥的夫人温柔贤惠，本田时常通过这位夫人交涉和催稿。但要见他夫人也并非易事，他家时常大门紧闭，还经常在门上挂着"生病谢绝会面""旅行中""诸位杂志记者，手稿相关事宜请通过信件沟通，谢绝会面"等措辞严肃的告示牌，连本田也多次无功而返。不仅如此，春泥搬家从不告知新地址，记者只能通过信函搜寻他的地址。

"在众多杂志编辑中，与春泥谈过话的恐怕只有我一个吧。"

本田炫耀地说道。

"从照片来看，春泥似乎是个长相俊朗的男子，实际也是如此吗？"

我怀着越发强烈的好奇心，继续追问道。

"不是，那张照片应该是假的，他说那是自己年轻时的照片，但怎么看都不像。春泥根本没照片上那么英俊。可能是因为平时很少运动（毕竟经常躺在床上），他身形臃肿，脸部皮肤松弛，神情呆板，双眼暗淡无神，跟土左卫门[①]差不多。而且他不善言辞，

[①] 土左卫门，江户时代的相扑力士。

我都有点纳闷他是如何写出如此精彩的小说的。宇野浩二不是有一部作品叫《人癫痫》吗？春泥就跟里面描写的状态差不多。他成天躺在床上，八成身上都起茧了吧。我只见过他两三次，他每次都是躺在床上与我谈话。照他那状态，躺在床上吃饭的传言也极有可能是真的。"

"但说来奇怪，他明明讨厌与人打交道，成天躺在床上，却有人传言说他不时会乔装去浅草一带游荡，而且是半夜。这人该不会是窃贼或者夜行侠之类的吧？我猜想他可能是个极度害羞的人，不想让外界见到他臃肿的体形与丑陋的容貌。名声越高，他就越羞于公开自己不堪的外表。所以才从不交朋友，也不面见访客，只敢趁着黑夜偷偷在闹市中徘徊。从春泥的行事风格及其夫人的谈话内容来看，很有可能是这样。"

本田滔滔不绝地描述着春泥的形象，最后还顺带告诉了我一件怪事。

"对了，寒川先生，最近我好像碰到了那个下落不明的大江春泥，他当时样子很奇怪，我也没敢上前打招呼，但我敢肯定那就是他。"

"在哪在哪？"

我下意识地问道。

"就在浅草公园，当时是早晨，我正打算回家，当然，那有可能是我醉酒后的幻觉。"本田嬉笑着挠了挠头，"那边不是有家叫来来轩的中餐馆吗？我就是在那个角落撞见他的。那天早晨来往的行人很少，只有一个头戴红色尖帽、身穿小丑服的胖子站在那里发传单。听起来有点像做梦吧？但我敢确定那就是大江春泥。我惊讶地停下了脚步，就在我犹豫要不要跟他打招呼的时候，他似乎也注意到了我。他当即面无表情地转身，大步朝对面的小巷走去。我原本想追上去，但考虑到对方的性格，强行上前打招呼会显得很奇怪，于是我只好作罢，继续往家里走去。"

听完本田描述大江春泥的怪异生活状态，我仿佛做了噩梦一般，内心十分不快。当听到他在浅草公园戴着尖帽、穿着小丑服发传单时，不知为何，我惊得汗毛直立。

我不清楚他的小丑装扮是否与静子的威胁信存在关联（本田在浅草见到春泥时，静子刚好收到第一封威胁信），但无论如何，我都不能坐视不管。

接着，我从静子交予我的威胁信中，尽量挑出措辞含糊的一页给本田看，让他帮忙确认是否是春泥的笔迹。结果本田一眼便断定那就是春泥的笔迹，而且信中的形容词与假名的使用习惯与春泥如出一辙。本田曾模仿春泥的笔迹写过小说，所以十分清楚，他表示：

"那种连笔字体着实很难模仿。"

我十分赞同他的观点。毕竟我读过所有信件，我比本田更能深切地感受到当中萦绕着的春泥气息。

于是，我随便找了个借口，拜托本田帮忙寻找春泥。本田二话不说答应了我的请求。

"没问题，包在我身上。"

但我还是有些不放心，决定亲自前往本田提到的春泥最后的住处——上野樱木町三十二番地附近看看情况。

4

第二天，我放下还未完工的小说，前往樱木町，向附近的女佣和商贩打听春泥家的情况，结果证实本田所言非虚。至于春泥后续的去向，仍然一无所获。那一带大多是中产阶层住宅，邻里之间鲜少像长屋住户那样闲谈，只知道春泥一家悄无声息地搬离了此处。他家门口从不挂名牌，没人知道他是个知名作家。我连他们雇用了哪个搬家公司都没能打听到，最终无功而返。

无奈之下，我只好趁赶稿的空隙，每天打电话向本田询问情况，可他那边也毫无进展，就这样五六天过去了。就在我感到一筹莫展时，春泥却在有条不紊地推行着自己蓄谋已久的复仇计划。

某日，小山田静子打来电话，说又发生了一件令她倍感担忧的事情，希望我能去她家一趟，并告知她丈夫不在家，信不过的用人全被派去较远的地方办事，她会在家中等我。她没有用自家电话，而是特意用公共电话打来的。她的语气十分犹豫，还没等说完这几句话便到了三分钟时限，通话还中断过一次。

她趁丈夫不在家，故意将用人打发出门，偷偷邀我前往她家。如此充满暗示性的邀约，令我产生了一种奇妙的心情。我二话不说答应了她（当然，我并没有什么非分之想），随即拜访了她位于浅草山之宿的宅院。小山田家位于两个商铺中间靠里的位置，看起来有些老旧，有点类似于古时候的宿舍。从正面很难看到，房屋后似乎有一条河流经过。但当中有两处建筑显得有些格格不入——宅院外围新砌的水泥围墙（墙头插满了防盗玻璃碎片）和仁立于正房后侧的双层洋房。二者与传统的日式建筑极不搭调，给人一种金钱至上的庸俗感。

我递出名片后，一个乡下女佣将我带到了洋房的接待室，静子正面色凝重地在那里等着我。再三为自己的失礼道歉后，静子突然压低声音说："请您先看看这个。"她递来一个信封，像是害怕什么似的朝身后看了看，接着凑到我身旁。毫无疑问，那正是大江春泥的来信，但内容与先前略有不同，我决定将全文贴在下方：

静子，你痛苦的神情历历在目。我知道你正瞒着你丈夫想方设法地搜寻我的下落。但那只是徒劳，我劝你还是放弃吧。即便你有勇气将我威胁你的事情告知你丈夫，导致最终惊动警方，你们也无法找到我。看过我的作品应该清楚，我做事向来滴水不漏。

好了，我的试探告一段落，复仇计划也该进入第二阶段了。在此之前，我想向你透露一点信息。我是通过何种方式掌握你夜间的详细举动的呢？想必你已经猜到了答案。其实自发现你以来，我一直如影随形地跟在你身边。你绝对发现不了我，但无论你外出还是居家，都无法逃离我的视线。我已经彻底化身为你的影子。即便是现在，你战战兢兢地读着这封信的时候，我也依旧躲在某个角落，眯细眼睛凝视着你。

如你所知，我每晚都在监视着你的一举一动，你们夫妻间的那点事情也全被我看在眼里。毫无疑问，我嫉妒到几近发狂，这是我当初制订复仇计划时未能考虑到的因素。但这点小事并不会妨碍我执行计划，反而更能激发我强烈的复仇心，并让我清楚地意识到，小幅调整计划更有利于达成复仇目的。其实也没太大变化，我本打算让你尝尽痛苦与恐惧的折磨后，再慢慢将你杀死。但看到你们夫妻卧房里的那点秘密后，我决定改变主意，先当着你的面将你心爱的丈夫杀死，让你尝尽悲痛欲绝的滋味后，再将你杀死，这样才足够解恨。就这么定了。但你也无须惊慌，我做事从不着急，在折磨够你之前，我是不会轻易进入下一个阶段的，毕竟那样太便宜你了。

致静子女士

复仇者

三月十六日深夜

看完这封恶毒残忍的信件，我忍不住打了个寒战。与此同时，我对大江春泥这个禽兽的憎恨也翻了几倍。但如果我就这样被吓跑，还有谁能安慰惊恐不安的静子呢？我只好故作镇定，反复安慰说那种威胁不过只是小说家无聊的幻想而已。

"先生，请您稍微小声一点儿。"

静子无心倾听我的劝慰，注意力完全被外侧的动静吸引。她不时凝视着某个位置，竖起耳朵仔细聆听。接着像是害怕被偷听一般，极力压低声音与我谈话。她的嘴唇毫无血色，几乎与脸一样苍白。

"先生，我是不是脑子出问题了。那种事情真的有可能吗？"

静子精神错乱似的嘀咕着一些莫名其妙的话语。

"发生什么了吗？"我也不自觉地跟着压低了声音。

"我觉得平田就在这屋子里。"

"在哪里？"我一时间没能理解她的意思，一头雾水地问道。

这时，静子坚定地站起身，面色苍白地向我招了招手。我怀着雀跃的心情跟着她向前走去。可没走几步，她注意到了我的手表，连忙叫我取下，放回到接待室的桌子上。接着，我们蹑手蹑脚地穿过一小段走廊，走到静子的日式起居室前。推开纸拉门时，静子脸上布满惊恐之色，仿佛在惧怕门后的某样东西。

"不可能吧，那个男人怎么可能大白天躲在你家，是你想多了吧？"

我话还没说完，她突然紧张地示意我停止说话，拉起我的手，带我走到房间的一角。接着，她看向天花板的位置，示意我仔细听声音。

我们注视着彼此，在原地聚精会神地听了约莫十分钟。因为房间位于宅院里侧，白天也听不到一丝杂音，房间内安静得仿佛能听到血液流动的声音。

"您没听到钟表的嘀嗒声吗？"过了一会儿，静子以极低的声音问道。

"没有，钟表在哪里？"

见我这般反应，静子又竖耳确认了一会儿，最后安心似的说："这会儿听不到了。"接着，她再次将我带回接待室，以急促的语气讲述起了一件诡异的事情。

当时她正在起居室做针线活，女佣突然拿来上述那封春泥的信件。经历前面那些事情，她一眼便认出那是春泥寄来的。拿到手的那一刻，她无比纠结。可若是不打开，内心会更加不安。思虑一番后，她战战兢兢地拆开信封。当得知丈夫可能有性命之忧，她再也按捺不住，起身走到房间的角落。她刚站到衣柜前，却听到头顶隐约传来类似蟋蟀虫鸣叫的细弱声响。

"我起初以为是自己耳鸣，但我静下心来仔细听了听，发现那并非耳鸣，而是一种类似金属碰撞的声音。"

静子认为天花板上有人，那声音正是那人身上的怀表发出的声响。可能因为她当时离天花板很近，加上房间特别安静，神经紧绷的她才得以听到天花板上细微的金属摩擦声。她也想过，或许是其他位置的钟表声经空间反射后，变得像是从天花板上传来的。但她仔细把房间搜了个遍，压根没找到钟表。

她冷不丁地想起春泥在信中说的"即便是现在，你战战兢兢地读着这封信的时候，我也依旧躲在某个角落，眯细眼睛凝视着你"。而她碰巧又发现天花板有一块木板微微翘起，露出一条缝隙，她总觉得春泥正躲在那道缝隙后的黑暗里，眯细眼睛凝视着她。

"平田先生，肯定是你吧？"此时的静子情绪异常激动。她如同奋不顾身的士兵般，一边流着眼泪，一边朝着天花板上的人大喊。

"您对我怎样无所谓，只要能让您消气，我可以任您处置，就算被您杀了，我也毫无怨言。但求您放过我丈夫，我本就骗了他，我不希望他再为我而死，那样我会接受不了。求您了，求您了!"她的声音很小，却饱含情感。但天花板上没有任何回应。突如其来的亢奋退去后，她怅然若失地呆站在原地，久久没有动弹。天花板上一片寂静，除了微弱的钟表嘀嗒声，再无其他声响。阴兽隐匿在黑暗中，屏息凝神，闭口不语。异常的寂静突然令她倍感恐惧，她猛地起身，逃也似的冲出起居室，失神落魄地走出家门。后来，她冷不丁地想起了我，于是来到附近的公共电话亭，拨通了我的电话。

听她讲述的时候，我下意识地想起了大江春泥的恐怖小说《天花板上的游戏》。若静子听到的钟表嘀嗒声并非错觉，而是因为春泥确实潜藏在屋内，那表示他正在施行小说的情节，这确实很符合春泥的作风。正因为我读过《天花板上的游戏》，才更无法对静子的这段离奇的遭遇一笑置之。不仅如此，连我也产生了一股强烈的恐惧感，我仿佛看到臃肿的大江春泥戴着红色尖帽，穿着小丑服，在黑暗的天花板上咧嘴阴笑。

5

　　我与静子商量一番后，最终决定由我扮演《天花板上的游戏》中的业余侦探，爬上静子起居室的天花板，确认里面是否有人进去过。若有，则进一步摸清入口位置。静子以"这么做太瘆人"为由试图阻止我，但我执意要去。我按照春泥小说里的描述，掀开壁橱上方的天花板，像电工那样钻进洞中。好在宅院里除了方才迎接我的那个小女佣再无他人，而她似乎正在厨房忙碌，无须担心被发现。

　　天花板上远没有春泥描写的那么美好。虽是老房子，但去年年末大扫除时雇人将天花板拆下来用碱水清洗过，上面不算太脏。但毕竟过去了三个月，里面多少有些灰尘，甚至还结起了蜘蛛网。可里面漆黑一片，什么也看不清。我向静子借来手电筒，沿着梁木爬到声音传来的位置。这里有一条缝隙，兴许是年末清洗导致木板翘起留下的。下方隐约有光线射入，很容易便能看到。还没爬一米远，我便有了惊人的发现。其实我爬上来的时候还抱着半信半疑的态度，谁知静子的猜想全部应验，梁木和天花板上确实有疑似人为活动的痕迹。我的心头顿时升起一股寒意。我看过那篇小说，一想到那个从未谋面、宛若毒蜘蛛的大江春泥像我一样在天花板上爬动，我便莫名地浑身战栗。我拖着僵硬的身体，沿着梁木灰尘上的痕迹向前爬去。钟表声传来的位置处，灰尘上布满了凌乱的痕迹，似乎有人在此长时间逗留过。

我追随着疑似春泥留下的痕迹，忘我地探寻起来。他似乎将整栋房子的天花板走了个遍，梁木的灰尘上布满了可疑的痕迹。正对静子起居室与静子夫妇卧室的天花板上有一道缝隙，那里的灰尘更是凌乱不堪。

我模仿天花板上的游戏者，窥探起下方的房间。突然觉得春泥沉迷其中不无道理，透过天花板缝隙看到的"下界"光景简直不可思议到超乎想象。尤其是当我看到垂头丧气的静子时，我惊讶地发现，原来人这种生物会随着视觉角度的变化呈现出截然不同的状态。我们习惯了平视状态下的画面，无论是多么在意形象的人，都不会想到去调整自己俯视角度的状态。所以这个视角更容易露出破绽。从正上方更容易捕捉到人们不加修饰、不修边幅的一面。静子梳着富有光泽的丸子发髻（发髻的形状从正上方看起来有些怪异），刘海与发髻间的凹陷处积着一层薄薄的灰尘，与其他光鲜的部位形成鲜明的对比。连接发髻的脖颈下方，和服衣领与背部形成一道深谷，甚至能看到静子背上的小凹窝。白皙的肌肤上盘踞着触目惊心的红色肿痕，一直延伸到无法目及的深处。从上方看到的静子虽略失高雅，但她散发出的奇特性感气场却更加强烈地吸引着我。

我暂且抽离视线，放低手电筒，继续在梁木和天花板上搜寻，看是否有大江春泥来过的证据。可惜上面的手印和脚印都很模糊，指纹也无法辨认。春泥肯定模仿《天花板上的游戏》中的情节，提前备好了手套和脚套吧。但我还是在正对静子起居室的天花板上方，连接梁木与天花板的撑木底下一个不起眼的地方，发现了一颗灰色的圆形物体。那是一枚碗状磨砂金属纽扣，上面用浮雕工艺刻着几个字母：R. K. BROS. CO.。拾起这枚纽扣的瞬间，我的脑中立马闪过《天花板上的游戏》中的衬衣纽扣，可这枚形状很怪，不太像衬衣纽扣，倒有点像帽子上的装饰品，但我也不敢确定。后来我拿给静子看了看，但她也不清楚那究竟是何物。

毫无疑问，春泥潜入天花板的入口我也仔细调查过了。我循着凌乱的痕迹继续往前搜寻，最终停在了玄关储藏室的上方。储藏室上方的天花板十分粗糙，轻轻一掀便能打开。我踩着里面堆积的破椅跳了下去，试着从内侧打开储藏室的门。门未上锁，距离门外稍远的位置有一堵比人略高的水泥围墙。大江春泥很可能趁四下无人的时候，翻越围墙（前面说过，墙头插满了玻璃碎片，但对有预谋的入侵者来说，这点不足为惧），从没有上锁的储藏室爬上了天花板。

如此轻易便揭穿了对方的把戏，我突然感到有些无趣。这不过是不良少年的幼稚恶作剧吧？我打心眼里有些瞧不起对手。难以言喻的恐惧感顿时消散，取而代之的是切实的不快感。（后来我才意识到，蔑视对手是致命的错误。）静子十分害怕，丈夫的性命无可替代，她提议牺牲自己的秘密，向警方报案。我当时并没有把对手放在眼里，告诉静子不必如此，对方不可能像《天花板上的游戏》那般，做出从天花板投毒的愚蠢行为，即便他有办法潜入天花板，也没办法杀人。这种幼稚的恐吓手段十分符合大江春泥的作风，虚张声势向来是他的惯用伎俩。他不过是个小说家，实际没有多大能耐……我用诸如此类的话语安慰静子。见她实在害怕，我又承诺说会找几个好朋友帮忙晚上到围墙外巡逻。好在洋房二楼设有客房，静子打算找借口将夫妻卧室移到那边，这样对方也就无法通过天花板偷窥了。

这两项防御对策从第二天开始实行，但这种姑息手段并没有阻止阴兽大江春泥的恐怖魔爪。两天后的三月十九日深夜，他遵守预告内容，杀死了第一个目标。小山田六郎就这样一命呜呼。

6

　　春泥在预告杀死小山田六郎时，特意补充了一句"但你也无须惊慌，我做事从不着急"。可他为何才过两天便匆匆行凶？也许这番话只是为了让静子放松警惕，好趁其不备的时候下手吧，但我总觉得还有其他理由。静子听见钟表声，认为春泥就在天花板上，于是泪眼婆娑地恳求春泥放过自己的丈夫。听她说完这段话时，我便隐约感到不妙。春泥见静子对丈夫情真意切，必然会燃起更强烈的妒意，同时意识到自己处境堪忧。于是他转念一想："好，既然你这么爱你丈夫，那我也懒得磨蹭了，干脆早点了结他。"实际上，小山田六郎离奇死亡事件是在极度诡异的状态下被发现的。

　　接到静子的通知后，我当天傍晚便赶到了小山田家，并初次了解到了事件的始末。小山田六郎前一晚并无任何异常，他比往常早一些下班回到家中，酒足饭饱后，便说要去河对岸小梅町的朋友家下围棋。当晚天气十分暖和，小山田六郎只在大岛①夹衣外

---

　　① 日本旧时的一种生丝织品。

披了件盐濑①短外褂，没穿外套便潇洒地出门了。当时大约是晚上七点。地方并不算远，他像往常一样散步绕过吾妻桥，沿着向岛堤坝朝目的地走去。他在小梅町的朋友家待到大约十二点，接着又步行返回家中。在此之前他的行踪十分明确，但后面的情况便不得而知了。

静子等了一夜未见丈夫回家，想起前些天收到的大江春泥的恐怖预告信，顿时心急如焚，还没等天亮便打电话到丈夫可能去的地方询问，可依然没有消息。当然，她也打了电话到我住处，但不巧我前一天有事外出，到当天傍晚才回来，所以我对这起事件毫不知情。到了上班时间，小山田六郎依然没有出现，公司方面也想尽办法四处搜寻，但还是一无所获。直到快接近中午的时候，静子才接到象泻警察局的电话，得知了小山田六郎的死讯。

从吾妻桥西侧的雷门电车车站稍稍往北走，能看到一处堤坝，那里有一个往返于吾妻桥与千住大桥之间的公共轮船码头。这处码头自一钱蒸汽②时代起便是隅田川的知名建筑，我闲来无事的时候也经常乘机动船往返言问、白须等地。轮船商人时常会把绘本、玩具等货品带到船上，和着螺旋桨的嘈杂声，用无声电影解说员般的沙哑嗓音向往来的乘客介绍商品。我非常喜欢这种原始而古朴的感觉。轮船码头如同一艘漂浮在隅田川上的方形巨船，摇晃的船上设有候船用的长椅、乘客用的厕所等。我去里面上过厕所，

---

① 日本的一个高档和服品牌。
② 指在东京隅田川定时航行的小型客船，因单个区段的船票仅需一钱，故而被称作"一钱蒸汽"。

所以十分清楚。说是厕所，其实有点类似于妇人用的桐木箱①，在木板上凿出一个长方形的开口，往下约莫一尺的地方便是哗哗流动的河水。这种设计有点类似于火车或船上的厕所，不会囤积排泄物。虽然干净，但透过洞口能看到底下深不见底、淤塞沉积的蓝黑色河水，还不时有垃圾像显微镜下的微生物般从洞口的一端闪现，然后慢悠悠地消失在另一端，给人一种莫名的恐惧感。

三月二十日早上八点左右，浅草仲见世商店街的一个年轻老板娘去码头乘船前往千住办事。等船期间，她本想去上趟厕所，谁知刚走进里面，她便尖叫着冲了出来。负责检票的老伯连忙上前询问情况。老板娘说厕所长方形洞口下的蓝色河水里有一张男人的脸正往上盯着她看。老伯原以为只是船夫的恶作剧（这一带偶尔也会出现诸如此类的水下偷窥事件）。他走进厕所一看，发现距洞口一尺远的下方果真浮着一张人脸，那张脸随着水波浮动着，有半张脸在水中若隐若现，如同一只上了发条的玩具。老伯事后感叹，他从未见过如此骇人的景象。

发现是一具尸体后，老伯慌忙冲出厕所，大声招呼码头上的年轻人过来帮忙。当时候船的乘客中不乏豪爽的鱼店老板等人，几个年轻人试图合力将尸体拽上码头，但从厕所洞口太难打捞，于是几人用竹竿从外侧将尸体推到开阔的水面。可奇怪的是，尸体身上除了一条内裤，几乎全身赤裸。死者年龄在四十岁左右，长相端正，看起来不像是心血来潮下河游泳淹死的，甚是可疑。

---

① 一种开口朝上的收纳用木箱。

众人仔细检查发现，死者背部有被利刃刺伤的痕迹，而且丝毫没有呛水的迹象。发现这并非寻常溺水事件而是杀人事件后，码头上越发骚乱起来。而且，打捞尸体时，众人还发现了另一件怪事。

接到报警后，花川户派出所的巡警立马赶到现场，指挥码头上的年轻人揪住尸体蓬乱的头发往码头上拉拽，可大伙刚一用力，头发便从尸体的头皮上剥落。由于场面实在太过恶心，年轻人当即尖叫着松开了手。死者明明落水没多久，为何头发会成片剥落，这实在太诡异了。巡警仔细看了看，发现脱落的竟是一顶假发，死者的脑袋光秃秃的，不见一丝毛发。

这就是静子的丈夫——碌碌商会董事小山田六郎的死状。也就是说，小山田六郎死后被人扒光衣物，套上蓬乱的假发，再被扔到了吾妻桥下。尸体虽在水中被发现，但丝毫没有呛水的迹象，致命伤位于后背的左肺位置，疑似利刃所致。除了致命伤，背部还有几处较浅的刺伤。由此看来，犯人尝试了数次未能得手。据警医鉴定，死者被刺伤的时间大约在前一晚凌晨一点。由于死者未穿衣服，也没有任何随身物品，无法查明身份，警方也感到束手无策。所幸到了中午，一个小山田的旧识出现，警方立刻打电话联系了小山田家和碌碌商会。

傍晚，我拜访小山田家时，小山田六郎的亲友和碌碌商会的员工早已赶到，家中十分混乱。刚从警局回来的静子被前来吊唁的访客团团包围，脸上写满了茫然。由于警方需进一步解剖验尸，小山田的尸体并未被带回。佛坛前用白布覆盖的祭台上摆放着一个临时赶制的牌位，还庄重地献上了线香和鲜花。

　　后来我从静子和公司员工口中听说了尸体被发现的经过。若非我前些天轻视春泥，劝静子打消报警的念头，也许不至于发生这种事情。想到这里，我感到无比耻辱与懊恼，整个人坐立难安。我认为凶手只可能是大江春泥，他肯定是趁小山田离开棋友家，途经吾妻桥时，把他带到码头的黑暗处将其杀害，然后将尸体抛入河中。除了时间点完全吻合，本田也说曾见过春泥在浅草一带出没，而且春泥先前也预告说要杀死小山田，种种迹象表明，凶手是大江春泥无疑。可话说回来，小山田身上为何一丝不挂？为何会戴着造型怪异的假发？这实在太奇怪了。如果这也是春泥干的，那他为何要做这种毫无意义的事情？我百思不得其解。

　　为了能与静子单独讨论仅属于我们的秘密，我找机会将她叫到另一个房间。静子似乎也在等待这一刻，她朝在座的客人点点头，匆忙跟着我走了出来。等四下无人后，她小声唤了句"先生"，随即扑到我怀中，怔怔地盯着我胸口的位置，修长的睫毛闪着晶莹的泪光，眼睑间溢出豆大的泪珠，顺着白皙的脸颊滑落。很快，她的眼泪像断了线的珍珠，簌簌滚落。

　　"我不知该如何向你道歉，都怪我一时疏忽，我没想到那家伙真有本事杀人，都怪我，是我不好……"

　　我也下意识地伤感起来。我拉起默默哭泣的静子的手，用力将其握紧，反复地向她道歉。（那是我第一次触碰静子的肉体，即便在那种状况下，我依然能清楚地感受到她白皙娇弱但充满弹力的指尖的触感，以及掌心传来的炙热，那种感觉毕生难忘。）

　　"对了，你跟警方提过恐吓信的事情吗？"

等静子好不容易停止哭泣，我开口问道。

"没，我还没想好该怎么办。"

"那就是还没说对吧？"

"嗯，我想先找先生商量一下。"

事后我也感到很奇怪，我当时一直握着静子的手，可她并没有挣脱，反而倚靠在我身上。

"你也认为是那个男人干的对吧？"

"嗯，而且昨晚又发生了一件怪事。"

"什么怪事？"

"在先生的提醒下，我将卧室搬到了洋房二楼。本以为在那里可以摆脱被偷窥的苦恼，谁知那人还是来偷看了。"

"在哪里偷看？"

"窗外。"静子似乎回想起了当时的恐怖场景，惊恐地睁大双眼，断断续续述说起来，"昨晚十二点左右，我躺到床上准备休息，但想到丈夫还没回家，我心里十分担心。洋房的天花板很高，房间显得格外空旷，我一个人待在里面有些害怕，于是下意识地扫视起房间的每个角落。窗户的百叶窗有一段没办法垂下，底部留了约莫一尺宽的缝隙，可以从那里看到漆黑的窗外，这使我感到非常害怕，可越是害怕我就越想往那边看，结果，我隐约看到玻璃后有一张人脸。"

"确定不是你的幻觉？"

"那张脸一晃便消失了，所以至今我都不确定是不是我看花眼了。我记得那人乱糟糟的头发紧贴在玻璃上，稍稍低垂着头，向上翻着眼珠，一动不动地瞪着我，那一幕记忆犹新。"

"是平田吗？"

"嗯，除了他，没人会做这种事情。"

经过一番讨论，我们断定杀死小山田的凶手就是自称大江春泥的平田一郎。考虑到他的下一个目标是静子，我们决定报警，向警方申请人身保护。

负责此案的检察官是一名姓系崎的法学士，所幸他也是我们猎奇会（由推理作家、医学家、法律专家等组成的协会）的一员，所以我陪静子前往象泻警局报案时，他并没有像检察官对待受害者家属那样，用严肃的口吻展开谈话，而是像接待来访好友那般，亲切地倾听我们的叙述。他也对这起离奇的案件感到十分讶异，同时又颇感兴趣。他决定全力搜寻大江春泥的下落，同时派刑警驻守小山田家，增加巡逻次数，以确保静子的安全。后来因我提醒说大江春泥的样貌与市面流传的照片大有出入，他又叫来博文馆的本田，详细询问了春泥的真实长相。

7

在后来大约一个月的时间里，警方倾尽全力搜寻大江春泥，我也拜托本田和其他报社记者、杂志社记者帮忙留意，甚至逢人便上前询问是否知晓大江春泥的下落。可大江春泥像是施展了某种魔法般，彻底从世间销声匿迹。若他只是个单身汉倒还能理解，可他毕竟还有个碍事的夫人，他能带着妻子藏在哪里呢？难道他真如系崎检察官推测的那般，偷渡去了海外？

而且，不可思议的是，自小山田离奇死亡后，静子再也没收到过威胁信。兴许是因为春泥害怕警方追查，被迫暂停了杀死静子的计划，小心翼翼地躲了起来吧。不，不对，像他那种心思缜密的人，应该早就料到了这一点。说不定他正潜伏在东京的某个角落，暗暗等待杀死静子的机会。

象泻警局局长命手下的刑警前去春泥最后居住过的上野樱木町三十二番地附近调查情况（就像我之前做过的那样）。不愧是专家，那名刑警经过四处走访，最终找到了春泥搬家时雇用的搬家公司（位于上野黑门町的一家小店，位置十分偏僻），并借此摸清了春泥后来的住处。据调查，春泥离开樱木町之后，辗转搬到了本所区柳岛町、向岛须崎町等地，居住环境越来越恶劣。他最后搬到了须崎町那一带，租住的房间位于两家工厂之间，看起来十分脏乱，如同一处临时搭建的工棚。他在几个月前租下了那里，刑警前去调查的时候，房东以为他还住在里面，谁知打开门一看，里面什么家具也没有，四处布满灰尘，不知空置了多长时间。警方去附近走访了一番，但周围都是工厂，没有什么爱管闲事的住户，最终一无所获。

博文馆的本田也没有闲着，他本就对这种怪异的事情颇感兴趣，随着案情逐渐明朗，他也兴致高涨起来。趁组稿之余，他根据在浅草公园遇见春泥时的情形，热心地做起了侦探的工作。因为春泥曾在浅草那一带发过广告传单，本田先去附近几家广告公司问了问，看是否有人雇用过疑似春泥的男子。可伤脑筋的是，广告公司忙起来的时候，连附近的流浪汉都会招过来，给他们换上像样的衣服，雇他们工作一天。因此，他们对临时员工的长相并没有清晰的印象，只表示本田见到的那人肯定是流浪汉中的一员。

于是，本田改变策略，趁深夜前往浅草公园，逐一检查树荫下的长椅，或是前往流浪汉可能会留宿的廉价旅馆，与里面的住客攀谈，询问是否有人见过疑似春泥的男子。尽管他付出了诸多努力，可最终还是没能得到什么有用的线索。

本田每周都会来我住处一次，向我讲述他艰辛的侦探历程。某次，他带着财神爷般的欣喜笑容，跟我聊起了这样一件事：

"寒川先生，我最近突然关注起杂耍来。然后，我的脑中闪过一个绝妙的猜想。最近不是流行蜘蛛女之类的杂耍表演吗？演员在上面只露个头，见不到身子，或者只露个身子，见不到头那种。旁边会放一个分成三段的长箱，两格躺着女人的身子和腿，原本应该装有头颅的那一格却空空如也，给人一种无头女尸的既视感。为了证明无头女还活着，里面的人会不时动动手脚，看起来恐怖而性感。其实这不过是一种幼稚的把戏，只是在箱子里斜斜地放了一面镜子，让里面看起来空无一物而已。不过，有一次我穿过牛込的江户川桥，往护国寺方向走的时候，我看到一个角落的空地上在表演无头杂耍。但跟普通无头杂耍不一样的是，里面躺着的不是女人，而是一个穿着脏得发亮的小丑服的肥胖男子。"

本田讲到这里，神色突然紧张起来。他故意顿了顿，确定已经挑起我的好奇心后，继续讲述了起来。

"你懂我的意思吧？我认为，要在众目睽睽之下完全隐藏自己的行踪，担任无头男杂耍演员是个绝好的选择。他可以隐藏自己的标志性面孔，轻松地躺上一天即可。不觉得这做法很符合大江春泥的作风吗？而且大江春泥也经常写杂耍题材的小说，他最喜欢玩这种把戏了。"

"然后呢？"如果本田已经发现大江春泥的下落，那他的反应未免过于冷静，我怀着疑惑的心情催促他继续往下讲。

"于是，我立马跑去江户川桥看了看，那天碰巧又有杂耍表演。我买票入场后，直接站到那个无头男面前，琢磨如何能看到他的长相。但我转念一想，那家伙总不能一天到晚不上厕所吧？于是，我耐着性子等他上厕所。过了没多久，观众几乎全都散场，只剩我一人留在原地，但我还是坚持等待。突然，箱子里的无头男啪啪地鼓起掌来。正当我感到纳闷时，负责解说的男子来到我面前，告诉我到了中场休息时间，让我尽快离开。我灵机一动，假装走出会场，再趁机绕到帐篷后侧，透过篷布的破洞往里窥探。只见无头男在解说员的协助下从箱子里爬了出来。当然，他本人有脑袋。他跑到观众席一角，畅快地撒起尿来。说来真是好笑，刚才那人拍手竟是上厕所的信号，哈哈哈哈……"

"你是在说单口相声吗？别开这种玩笑！"

见我有些生气，本田立刻收起笑容，严肃地辩解道：

"没有，那人压根不是大江春泥，是我失策了……真的够呛，我只是想举个例子告诉你，我为了寻找春泥究竟费了多少心思。"

虽是茶余饭后的闲谈，但这就是搜寻春泥的现状，看不见一丝希望。

这里必须要补充一件不可思议的事情，这或许会成为解开整个谜团的关键。我注意到小山田头上的假发可能出自浅草一带，于是我去那附近的假发店搜寻了一遍，最终在千束町一家名叫松居的假发店内找到了相近的款式。但订购人并非大江春泥，而是小山田六郎。店家描述的顾客长相与小山田如出一辙，而且订购时留下的姓名也是小山田。假发做好后（大概是去年年末的事情），也是小山田亲自前来取货的。当时小山田表示想遮住自己光秃秃的脑袋。可连他的夫人静子都从未见过他戴假发，这是怎么回事？我怎么也解不开这个怪异的谜团。

另一方面，因为小山田的死，静子（现在是寡妇）和我的关系也迅速升温。我理所当然地成了静子的保护人兼商量对象。小山田家的亲戚得知我费尽苦心爬上天花板调查，也不好强硬地赶我走。连系崎检察官也在一旁积极地为我说好话，叫我有空多去小山田家看看，密切关注静子身边的状况。于是，我开始公然出入她家。

正如前面提到的那般，静子初次遇见我时，得知我是她仰慕已久的小说作家，便对我颇有好感。加上后来发生了那么多复杂的事情，她会将我视为无可替代的依靠对象，也在情理之中。但毕竟时常见面，加上她已经成了寡妇，原本觉得遥不可及、虚无缥缈的苍白热情，以及柔弱到仿佛一触即碎，但同时又充满弹力的肉体诱惑，夹杂着现实的色彩朝我袭来。尤其是某次偶然在她的卧室看到一条疑似外国制造的小型皮鞭，我令人懊恼的欲望像是被浇上了油一般熊熊燃烧起来。

某次我若无其事地指着鞭子问："您先生还会骑马吗？"她见到那条鞭子，脸色顿时变得铁青，随即又转为火焰般的潮红。过了一会儿，她用细微的声音回答："不会。"迟钝的我到那时才解开她脖颈上的红痕之谜。回想起来，我每次看到的红痕位置与形状都略有不同。我当时也觉得纳闷，但无论如何也没想到，她那个看似温厚的秃头丈夫竟是个变态性虐待狂。距离小山田六郎去世已经过去一个月，她脖颈上的红痕也消失不见。即便没有听到她亲口解释，种种迹象也足以证明，我的猜想绝对没错。但自打得知这件事后，我便莫名地燃起一股难以压抑的躁动感。说来有些难为情，莫非我也跟已故的小山田六郎一样，是个性格扭曲的变态？

8

四月二十日是小山田六郎的忌日，静子祭拜过亡夫后，傍晚请来亲戚和丈夫生前的好友，一同为逝者冥福，我也是其中之一。当晚发生了两件事情（虽性质截然不同，但正如后面提到的那样，二者在命运上有着奇妙的联系），为我带来了毕生难忘的强烈冲击。

当时我正与静子并排走在昏暗的走廊上。将来客送走后，我们讨论了一会儿秘密话题（搜寻大江春泥的事情）。到了晚上十一点左右，考虑到有用人在场，我不便打扰太久，于是起身告辞，准备乘坐静子从招呼站叫来的出租车离开。静子与我并肩穿过走廊，打算送我到门口。走廊正对庭院，有几扇玻璃窗敞开着，当我们从其中一扇窗户前走过时，静子突然尖叫着扑到了我身上。

"怎么了？你看到什么了吗？"我惊愕地问道。

静子用一只手紧紧地抱着我，另一只手指向窗外。我起初以为是春泥，心里猛地一惊，但扫视了一圈发现什么也没有，只有一只白狗窸窸窣窣地消失在了树丛中。

"是狗，只是一只普通的狗，不用害怕。"

我下意识地拍着静子的肩膀安慰道。即便知道窗外什么也没有，静子仍紧紧地抱着我。温暖的触感随即蔓延至全身。我再也控制不住自己，一把将静子搂进怀里，吻在她稍稍凸起、如蒙娜丽莎般神秘的唇上。不知是幸运还是不幸，她不但没有反抗，反而小心翼翼地加大力度抱紧了我。

那天是逝者的忌日，我们内心的罪恶感更增添了几分。后来我们都没有说话，更不敢直视彼此，直到我坐上了出租车。

车子启动后，我满脑子都是刚分别的静子。滚烫的嘴角仍留有她双唇的触感，剧烈跳动的胸口依然残留着她的体温。内心难以控制的兴奋与深深的自责如复杂的编织图案般错综交杂。我早已无暇欣赏窗外的风景，更没心思关注车辆正往什么方向行驶。

但不可思议的是，从我上车开始，某个小东西便清晰地印在了我眼底。我当时满脑子都想着静子，眼睛一动不动地盯着不远处的前方。在视野的中心处，有个物体在不断地晃动着，使我下意识地看向了那边，注意力也逐渐朝那个方向集中。

"这是怎么回事？我为何会如此在意那个东西？"

我呆呆地思考着，很快便找到了答案：我在为突如其来的巧合与两件物品的一致性感到惊讶。

我前面坐着一个身穿藏青色古旧外套、身材魁梧的男司机，他正弓着背，聚精会神地盯着前方开车。宽厚的肩膀前方，一双大手正灵活地操控着方向盘。那双粗壮的手上戴着一双与之极不搭调的高级手套，而且是不合时节的冬季手套。这恐怕就是吸引我目光的原因所在吧。而且更主要的是手套上的装饰扣……我这才反应过来，原来我在小山田家天花板上捡到的那枚圆形磨砂扣是手套上的装饰扣。

我曾跟系崎检察官提起过这事，但不巧当时没带去，加上我们已经确定大江春泥就是凶手，所以并没有在意这事。那枚纽扣应该还放在我的冬装马甲口袋里。我怎么也没想到，那竟然是手套上的装饰扣。凶手为了避免留下指纹，行动时特意戴上了手套，却没有注意到装饰扣掉落——这么想也完全说得通。

司机手套上的装饰扣不仅让我弄明白了在天花板上捡到的东西为何物，还让我了解到了更为震惊的事实。无论是形状、颜色还是大小，两者都十分相似。不仅如此，司机右手戴的那只手套恰好也掉了一枚纽扣，只剩下金属垫片。这到底是怎么回事？倘若我在天花板上拾到的纽扣与那块垫片完全吻合，那意味着什么？

"打扰一下。"我突然向司机搭话，"能不能把你的手套借我看看？"

司机被我突如其来的要求弄得一头雾水，但他还是减缓车速，将手套取下来递给了我。我接过来仔细看了看，另一枚完好的纽扣上面，也雕刻着 R. K. BROS. CO.，与我拾到的那枚一模一样。我顿时警觉起来，内心涌起一股怪异的恐惧感。

司机将手套递给我后，继续若无其事地开着车。看着他魁梧的背影，我的脑中闪过一个可怕的猜想。

"大江春泥……"

我用司机听得见的音量自言自语地说道。接着我透过驾驶座上方的小型后视镜观察起司机的表情。毫无疑问，那只是我不切实际的猜想。司机的表情没有任何变化，再说大江春泥也不可能做出罗宾①那样的事儿来。到达目的地后，我多给了司机一些车费，继续问了一些问题。

"你记得手套上的纽扣是什么时候掉的吗？"

"一开始就掉了。"司机不解地答道，"这手套是小山田先生送我的，看起来还很新，但他说纽扣掉了没法用了，于是就送给了我。"

"小山田先生？"我惊愕地睁大双眼，连忙确认道，"是我们刚刚离开的那户人家的小山田先生吗？"

"没错，那位先生在世的时候，经常雇我接送他上下班，对我十分照顾。"

"原来如此。那你是从什么时候开始戴这双手套的？"

"他送我的时候天气还很冷，我看这手套非常高级，就没舍得戴。直到原来那副破了，我才把它拿出来，今天是第一次戴，因为握方向盘不戴手套容易打滑。不过您为什么要问这些？"

"没什么，有点儿特殊原因。你能不能把这双手套让给我？"

于是，我花高价从司机手中买下了这双手套。回到房间后，我把从天花板上捡来的金属扣拿出来比对，果然一模一样，扣子与上面的金属垫片也完全吻合。

正如前面提到的那样，两件物品的一致程度早已无法用巧合来形容。大江春泥和小山田六郎都戴过相同品牌与款式的手套，连脱落的装饰扣也与手套上的金属垫片完全吻合，真的存在这种

---

① 亚森·罗宾（Arsène Lupin），法国作家莫里斯·勒布朗（Maurice Leblanc）笔下的一个虚构人物，人称"怪盗绅士"。

巧合吗？后来，我把手套拿到市内一流的银座泉屋洋货店进行鉴定，店员告诉我这双手套的做工在国内十分罕见，应该是英国货，而且 R. K. BROS. CO. 并没有在日本国内开设分公司。综合店员的分析与小山田前年九月份前一直在国外出差的事情，基本能断定手套的原主人是小山田六郎，而天花板上的装饰扣也是他掉落的。

"那这意味着什么呢？"

我抱着头，倚在桌上陷入沉思，口中不住地嘀咕："也就是说、也就是说……"我强迫自己绞尽脑汁思考，试图从中找到合理的解释。

片刻后，我的脑中冒出一个怪异的想法。山宿町是一个坐落在隅田川沿岸的细长小镇，小山田家的宅院自然也紧挨着河川。我曾数次站在小山田家的洋房里眺望隅田川，可不知为何，我事到如今才注意到这一点，而当中包含的另一层含义也深深地刺激到了我。

我混乱的大脑中浮现出一个巨大的 U 字。U 字的左上侧是山宿町，右上侧是小梅町（小山田棋友家所在的位置），U 字的底部恰好是吾妻桥。至今为止，我们一直认为小山田当天是从 U 字的右上侧离开，绕到 U 字底部的左侧，在这里惨遭春泥杀害。但我们忽略了河水的流动性。隅田川的水从 U 字的上端往下流动，尸体被发现的位置不一定就是案发现场，尸体很可能是从上游顺水漂下，撞到吾妻桥下的轮船才停了下来。从上游顺水漂下……那究竟是从哪里漂下来的呢？案发现场究竟是哪里？就这样，我陷入推想的泥潭中久久无法自拔。

9

连续几个夜晚，我一直在思考这个问题，连静子的魅力也不及这些古怪的谜团来得有趣，我像是忘记了静子的存在一般，整日沉迷在奇妙的推想中。为了确认某件事情，近期我拜访过静子两次，但每次问完我便匆匆告别，急忙赶回住处。她一定觉得我很古怪吧。每次送我到门口时，她脸上都带着忧伤的神情。

于是，我用五天时间拼凑出了一段惊世骇俗的推理结果。当时写给系崎检察官的意见书还在我手上，为避免冗杂的叙述，我决定在上面稍作修改，直接抄写在下方。这段推理若没有推理作家的想象力做支撑，恐怕难以组建成功。而且，我后来才发现，这里面还隐藏着一层更深刻的含义。

（前略）所以，当我得知客厅天花板上的金属扣可能是小山田六郎手套上脱落的时，盘踞在脑海中的种种怪事接连涌出，像是为了佐证我的发现一般。例如小山田的尸体戴着假发。假发是小山田本人定制的。（至于尸体赤身裸体这一点，鉴于后面的原因，我认为不算问题。）小山田离奇死亡后，静子再也未收到过威胁信。小山田看似温厚（这种大多无法从外表判断出来），实际是个可怕的性虐待狂等。诸如此类的线索，仿佛是多起怪事偶然地碰到了一起。但仔细想想，这一切都指向一个事实。

注意到这一点后，为了证实自己的推理，我开始着手收集资料。我先拜访了小山田家，在静子夫人的允许下，亲自调查了小山田的书房。因为书房最能如实体现主人的性格与隐私。在夫人狐疑的目光下，我花费半天时间把书柜和抽屉仔细翻了个遍，结果发现有一个书柜被牢牢锁死。我向夫人打听才知道，那把钥匙平日被小山田挂在怀表链上随身携带，出事当天他也将钥匙塞在了兵儿带①里出门。无奈之下，我只好说服夫人，强行撬开柜门。打开一看，里面放有小山田多年来的日记、几个资料袋、一叠信纸以及书本等。我仔细翻看了一遍，发现里面有三本书与此次的事件存在关联。一本是小山田和静子夫人结婚当年的日记，婚礼前三天的日记栏外，用红笔书写着下面一段醒目的文字：

"（前略）我知道青年平田一郎和静子的关系。但是，静子中途开始对他心生厌恶，不管对方采取什么手段都不予理会，最后趁着父亲破产从他面前彻底消失。算了，过去的事情不必深究。"

也就是说，小山田在结婚之初便通过某种渠道得知了夫人的秘密，而且对夫人只字未提。

---

① 用丝绸等较柔软的面料加工而成的和服腰带。

　　第二本是大江春泥的短篇集《天花板上的游戏》。这种书竟然会出现在实业家小山田六郎的书房里，简直太出乎意料了。若不是静子夫人说小山田生前是一个推理小说迷，我都有点不敢相信自己的眼睛。更值得注意的是，短篇集的扉页上有一张珂罗版①春泥像，版权页上也印有作者的本名平田一郎。

　　第三本是博文馆发行的杂志《新青年》第六卷第十二期。上面虽没有刊载春泥的作品，但扉页上有半张与稿纸尺寸等大的手稿照片，空白处还写着"大江春泥的笔迹"。怪异的是，若将照片放到光线底下，能看到上面布满了纵横交错的划痕。只能说明有人曾在上面垫过一张薄纸，用铅笔多次临摹过春泥的笔记。我的猜想逐个应验，我突然感到有些恐惧。

　　同一天，我拜托静子夫人帮忙寻找小山田从国外带来的手套。她也是翻腾了好一阵子，才找到一双与出租车司机同款的手套。夫人将其交给我时，一直疑惑地嘀咕着"奇怪啊，明明还有一双的"。只要你有需要，我随时可以将日记、短篇集、杂志、手套、从天花板上拾得的金属扣等物证交给你们。我调查到的真相还有很多，即便不逐一罗列，单从上面几点也能推断出，小山田六郎是个可怕的性虐待狂，其实那张敦厚老实的面孔下，隐藏着一副妖怪般的阴险嘴脸。

　　不觉得我们太执着于大江春泥这个名字了吗？因为他

---

　　①一种印刷用的照相版。多用于保护一些有价值的画作、图片等。

那些阴森血腥的作品以及异于常人的生活习惯，我们便轻易断定这种诡异的犯罪行为唯有大江春泥能做得出来，不觉得这样过于草率了吗？他如何能做到彻底从人间消失？将他视为凶手，未免有些牵强。相反，正因为他是无辜的，因为他天生讨厌与人接触（名气越高，症状越严重），习惯远离尘世，才会难寻踪迹吧？或者像你之前说的，他早已逃到了国外。比如隐匿在上海市的某个角落，假扮成中国人，悠然自得地吸着水烟。若春泥真是凶手，他为何会在杀死微不足道的小山田六郎后，便像忘却了关键目标一般，轻易终止了自己多年来执意制订的周密复仇计划？这该如何解释呢？对于读过他的小说，了解他日常习惯的人而言，这未免太不自然，也不符合他的行事作风。

此外，还有一个更为直观的事实。他为何会将小山田手套上的装饰扣遗落在天花板上？那双手套可是国内有钱也买不到的外国货，而小山田送给司机的手套恰好也掉了装饰扣。如果潜入天花板的并非小山田而是大江春泥，那未免太不合理了。（你一定会问，如果凶手是小山田，那他为何要将重要的物证随手送给司机？这点请容我后续进行说明，小山田并没有犯罪，他只是在玩一种变态游戏。就算手套上的装饰扣遗落在天花板上，对他来说也不足为惧。他完全不用像罪犯那样担心掉落的装饰扣是否会变成作案的证据。）

推翻春泥是凶手的证据远不止这些。还有上面提到的上锁书柜里的日记、春泥的短篇集、《新青年》杂志等，以及书柜只有一把钥匙，小山田日常时刻随身携带的事实，这些都足以证明是小山田策划了这起阴险的恶作剧。退一步讲，至少春泥不可能伪造这些东西并放入小山田的书柜中，借此嫁祸给小山田。因为日记无法伪造，而书柜也只有小山田能够打开，不是吗？

由此可以推断，我们起初认定的凶手大江春泥（即平田一郎）打一开始就与此案无关。我们完全被小山田六郎高超的欺骗技巧所蒙骗，所以才会误判。富有而绅士的小山田内心竟藏着此等阴险、幼稚的一面。他在外面敦厚老实，在卧室里却露出恶魔般的可怕面孔，用外国制的皮鞭不住抽打可怜的静子夫人，这着实令人感到震惊。但同时具备温厚的君子与阴险的恶魔这两种对立人格的例子并不少见。一个人平日表现得越谦逊温和，内心越容易被邪恶念头侵占。

我是这么推理的：大约四年前，小山田六郎因工作关系去伦敦等三大欧洲城市居住了两年，他的怪癖应该是那时候萌芽并发展起来的。（我曾从碌碌商会的员工口中听说过他在伦敦的风流往事。）前年的九月回国后，为了满足难以纠正的怪异癖好，他开始在自己此前呵护备至的静子夫人身上肆意发泄兽欲。因为我去年十月初次遇到静子夫人时，便在她脖颈上发现了狰狞的伤痕。

这种怪癖就好比吗啡，一旦沾染，便终生无法摆脱，而且症状会日益加重，患者会不断地追求更强烈、更新鲜的刺激感。今天无法通过昨天的方式得到满足，明天又会觉得今天的手法不够刺激。小山田亦是如此，很容易想象，抽打静子夫人已经无法让他得到满足。于是，他只能想办法寻求更疯狂、更新鲜的刺激。

恰在那时，出于某种机缘巧合，他得知了大江春泥的《天花板上的游戏》这部小说，听闻故事内容怪诞离奇，他便想着买来读一读。于是，他从中发现了不可思议的知己，找到了同病相怜的同类。从那本书的磨损程度便能看出，他究竟有多么热爱春泥的那部小说。春泥多次在书中描述透过天花板缝隙偷窥独居者（尤其是女性）是何等有趣。小山田很快对这项新发现里隐藏着的全新乐趣产生了共鸣。他决定模仿春泥小说里的主人公，化身天花板上的游戏者，躲在自家的天花板上，偷窥静子夫人独处时的情形。

小山田家从院子门口到房屋的玄关处有一段距离，要想避开用人，趁回家时钻入玄关旁的储藏室内，沿着天花板爬到静子起居室的上方并非难事。小山田时常傍晚前往小梅町的朋友家下棋，说不定也只是掩饰天花板游戏的一种手段。

另一方面，如此痴迷《天花板上的游戏》的小山田，在看到版权页面上的作者真名后，很可能怀疑春泥与静子曾经抛弃的恋人，也就是对静子怀恨在心的平田一郎是同一个人。于是他开始搜集有关大江春泥的报道和传闻，最终确定春泥就是静子的昔日恋人。而且那人讨厌与人接触，当时已经停笔并淡出了人们的视线。也就是说，小山田通过《天花板上的游戏》发现了与自己臭味相投的同类，并从中找到了自己憎恨已久的昔日情敌。于是，他模仿书中的情节，策划了一场令人毛骨悚然的恶作剧。

偷窥静子独处虽能激发他强烈的好奇心，但作为一个性虐待狂，这种不温不火的游戏并不能让他得到满足。于是，他发挥病态般敏锐的想象力，试图寻求比鞭打更残忍、更新颖的游戏方法。最终他想到了借平田一郎的名义写恐吓信这种史无前例的手法。为了使游戏更真实有趣，他想办法弄来了《新青年》第六卷第十二期卷首的作家手稿图片，开始认真地模仿春泥的笔迹。图片上的铅笔划痕便是最好的佐证。

小山田以平田一郎的名义写好恐吓信后，每隔几天便前往不同的邮局寄出。他平日时常开车外出办事，途中顺手投递一封信件并非难事。至于恐吓信的内容，他先通过报纸杂志上的报道大致了解了春泥的经历，再透过天花板缝隙偷窥到了静子的生活细节，其余部分随手编造即可，毕竟他是静子的丈夫，这点并非难事。也就是说，他与静子同床共枕时，暗中将静子的一言一行记在心里，然后描述得像是被春泥偷窥了一般。这是何等可怕的恶魔。通过以他人名义给妻子写恐吓信，借此获得近似犯罪的乐趣，并通过躲在天花板上偷窥妻子阅读信件时的恐惧，借此获得恶魔般的快感。而且，我敢断定他那段时间仍会用鞭子抽打妻子，因为静子颈部的伤痕直到小山田死后才彻底消失。毫无疑问，他这样虐待静子并非出于憎恨，反而是因为溺爱。这种变态性虐待狂的心理想必你也十分清楚。

好了，关于恐吓信的寄件人是小山田六郎的推理到此为止。那么，为何单纯的变态恶作剧最终会演变成残忍的杀人事件？为何被杀的是小山田？为何他死时戴着奇怪的假发，并且一丝不挂地漂浮在吾妻桥下？他背部的伤痕是何人所致？如果大江春泥与此案毫无关联，那是否存在其他罪犯？想必你也会有诸如此类的疑问吧。针对这些问题，我会进一步陈述我的观察和推理。

简单来说，可能是因为他那些恶魔般的邪恶行径触怒了神灵，故而遭到天谴吧。这起案件并没有涉及犯罪，也没有施害者，小山田完全是死于一场意外。或许你会问，那背上的致命伤是哪来的？这点请容我稍后说明。我决定先按顺序解释一下我得出这个结论的理由。

我推理的出发点正是那顶假发。想必你还记得，从三月十七日（我完成天花板探险后的第二天）开始，静子为避免再次被偷窥，将卧室搬到了洋房的二楼。至于静子是如何说服丈夫，小山田又是如何听从了妻子的建议，这些我便不得而知了。总之，自那天起，小山田再也无法通过天花板偷窥了。但我们可以想象一下，或许此时的小山田已经厌倦了天花板上的偷窥游戏，说不定他想趁着静子将卧室搬进洋房后，再策划其他方式的恶作剧。至于我为何做此猜测，根据便是那顶假发。小山田于去年亲自定做了一顶假发，起初可能并非为了恶作剧，而是有其他特殊用途，只是后来碰巧在这里派上了用场。

他在《天花板上的游戏》的扉页上看到过春泥的肖像。据说那是春泥年轻时拍摄的，照片上的他有着一头蓬松而浓密的黑发，与小山田的秃脑袋有着天壤之别。他既然会想到用信件和天花板偷窥的方式吓唬静子，自然也会想到假扮成大江春泥，趁静子在房内的时候，突然从洋房窗户外探出头，从中获得不可思议的快感。为此，他首先要考虑的便是掩盖自己的秃头，而假发是达成目的的最佳选择。只要戴上假发，从黑漆漆的窗外闪过（这样更有效果）即可，丝毫不用担心会被惊慌失措的静子识破。

当天晚上（三月十九日），小山田从小梅町的棋友家回来时，看到大门敞开着，于是悄悄绕过院子，溜进洋房一楼的书房（听静子说，他时刻将书房与书柜的钥匙挂在表链上随身携带）。为避免被二楼卧室里的静子发现，他摸着黑戴上假发，走到屋外，沿着院子里的树爬上洋房挑檐，接着绕到卧室的窗外，透过百叶窗缝隙窥视起房内的状况。静子说隐约看到窗外有张人脸，指的就是这个时候。

那么，小山田为何会死呢？在回答这个问题之前，我需要先说明一下我对小山田起疑心后，第二次拜访小山田家时，透过洋房窗户看到的景象。这些只要你亲自前去查看一番便可知晓，这里我就不赘述，简要概括一下即可。洋房的窗户面朝隅田川，窗外没有任何空地，连房檐也直接省略，水泥围墙紧挨着外墙修建，直接连接着高耸的石崖。为节省占地面积，围墙直接修建在石崖边上。河面距离围墙顶端大约六尺，围墙顶端距离窗口大约三尺。因此，若小山田不慎从挑檐上（非常窄）失足掉落，运气好能掉到围墙内侧（那里有一片仅容一人通行的细长空地）。否则会先摔到围墙上，再掉入隅田川。毫无疑问，小山田遇到了后者。

我初次注意到隅田川的水流时，便推断尸体很可能是从上游漂下来的。而小山田家的洋房外便是隅田川，且位于吾妻桥的上游。于是我猜想小山田可能是从那里失足摔落的。可他的死因并非溺死，而是背部的致命伤，这使我困惑了许久。

直到有一天，我突然想起曾经读过的南波奎三郎[1]的《最新犯罪搜查法》。当中有一个案例与此次的事件颇为相似。我创作推理作品时经常参考这本书，对当中的内容也十分熟悉，大致情况如下：

一九一七年五月中旬，滋贺县大津市太湖汽船株式会社防波堤附近出现一具溺亡的男尸，死者头部有锐器划伤的痕迹。法医认定死者死于头部的致命伤，加上尸体腹部充水，说明死者刚遇害便被投入了水中。警方将此视为重大刑事案件，当即展开调查。但搜查官使出浑身解数，依然没能查出死者的身份。几天后，大津警局收到京都市上京区净福寺通金箔业的斋藤请求寻找雇员小林茂三（二十三岁）的申请书。

---

[1] 南波奎三郎（1883年1月4日—1967年12月17日），日本的一名检察官，著作有《最新犯罪搜查法》等。

碰巧这位失踪雇员的长相和衣着与此次的死者略有相似，警方立刻通知斋藤前来认尸。经过确认后，死者确定是小林茂三，并认定此案并非他杀，而是自杀。死者盗走雇主的钱财挥霍一空后，留下遗书离家出走。他头部的伤痕是从行驶的轮船尾部跳入水中时，撞到高速旋转的螺旋桨导致的。

倘若我没有想到这个案例，或许就不会有如此离奇的猜想。但很多时候现实要比小说家的幻想荒唐得多，看似不可能发生的怪事，实际却真切地发生了。但这次的事件与上述案例稍有不同，尸体体内没有积水，夜间也很少有汽船从隅田川经过。

那么，小山田背上深及肺部的严重刺伤是何物所致？什么物体能留下类似利刃刺伤的伤口？答案正是小山田家水泥围墙上的啤酒瓶碎片。大门两侧的围墙上也有这些，想必你也看到过。这种防盗玻璃碎片有些非常大块，特定情况下，也有可能从背后刺及肺部。小山田可能是从挑檐上一脚踩空，不慎摔到这些碎片上，最终重伤致死。这样也能解释为何致命伤口周围还分布着许多轻微的刺伤。

就这样，小山田自作自受，为满足自身的变态怪癖不慎从挑檐踩空，摔到围墙上重伤致死，随后坠入隅田川中，顺着水流漂到了吾妻桥轮船码头的厕所下方，以耻辱的方式死去。以上就是我对本次案件的大致分析。另外再解答一两个疑问，关于小山田的尸体为何一丝不挂，因为吾妻桥一带是流浪汉、乞丐、前科犯的聚集地，若被他们发现尸体身上穿着值钱的衣物（小山田当晚穿着大岛夹衣和盐濑短褂，还随身携带着一只白金怀表），必然会趁着深夜将其扒下，如此一来，这个问题也就不难解释了。（注：后来证实当晚那边确实有个流浪汉。）另外，关于静子在卧室为何没有听到小山田坠落的声响，想必是因为她当时异常紧张、神经高度紧绷，加上水泥洋房的窗户紧闭，窗户又离水面很远，即便听到水声，也会误以为是通宵行驶的运泥船发出的声响。而且值得注意的是，此次事件不存在任何犯罪元素，虽有人因此不幸惨死，但终究只是因为一场恶作剧。若非如此，小山田将作为物证的手套赠予司机、用自己的名字定制假发、草率地将关键证据锁在自家的书房里等，这些粗陋的细节就无从解释了。（后略）

以上便是我从意见书上抄录的内容，我会将这段冗长的文字穿插于此，是因为若不把我的初始推理陈述清楚，接下来的事态走向将会很难理解。我在意见书中提到，大江春泥打一开始就与此案无关，果真如此吗？若真是如此，那我在前面耗费大量篇幅描写春泥的为人就毫无意义了。

10

我准备将上述意见书递交给系崎检察官，末尾的落款日期是四月二十八日。写完第二天我拜访了小山田家，把意见书给静子过目了一遍，告诉她不必再害怕大江春泥的幻影，让她尽管安心。自打对小山田起疑心后，我去小山田家调查过两次，但并未向静子透露任何消息。

当时正在处理遗产分配的事情，静子身边每天都会聚集一群亲属，看样子引发了不少纠纷。孤立无援的静子自然格外地依赖我，每当看到我来访，她都会欢欣雀跃地前来迎接我。这次我照例被静子带进了起居室，刚一进门，我便迫不及待地告诉她："静子小姐，你不必再担心了。大江春泥这个人打一开始就不存在。"

静子的脸上写满了惊讶，她还不清楚究竟是怎么回事。于是，我像刚写完推理小说，向朋友读作品手稿那般，把意见书的内容一字一句地读给了她听。一方面想让她了解事情的原委，好让她安心。另一方面想听听她的意见，从中找出疏漏之处，以便修改。

提及小山田的性虐待癖时，因为用词极其露骨，静子当即羞红了脸，恨不得当即从我面前消失。提到手套时，她附和说："难怪我怎么都找不到另一双手套。"但听到小山田意外死亡的结论时，静子十分震惊，当即脸色煞白，半天说不出话来。等我读完所有内容，她轻声嘀咕了一句"竟是如此"，整个人怅然若失地僵在原地。过了许久，她的脸上终于露出安稳的神情。可能因为得知大江春泥的恐吓信是伪造品，自己不再会有生命危险，内心的巨石才总算得以放下。静子得知小山田的恶行遭到报应后，与我私通所产生的自责感也会有所减轻吧（仅为我的个人推测）。而她也可以辩解说："是对方先那般残忍地折磨我，所以我才……"她一定为此倍感欣喜吧。

当时正值晚餐时间，静子兴冲冲地（也许是我的错觉）拿出洋酒招待我。见自己的意见书得到认可，我也难掩兴奋，在她的劝说下喝了许多酒。因不胜酒力，我很快满脸通红。醉酒后的我一反常态，莫名地变得阴郁起来，我很少开口说话，只是呆呆地凝视着静子的脸。静子最近憔悴了不少，但她白皙的肌肤，柔软而富有弹力的身体，如阴火燃烧般的神秘魅力不仅没有丝毫削减，传统法兰绒外衣包裹着的曼妙身体曲线更是前所未有地性感。我看着毛织品下缓缓扭动的四肢曲线，燥热难耐地在心中勾勒起衣物下的迷人肉体。

交谈片刻后，我趁着醉意心生妙计：不如找个隐蔽的地方租间房子，作为我与静子的幽会场所，偷偷地享受仅属于二人的密会时光。见女佣离开后，我决定向静子坦白自己的下流想法。我一把将她搂过来，第二次吻上她的双唇，双手在她的背部游走，享受着法兰绒带来的舒适触感，同时在她耳边低声倾吐我的想法。她不但没有拒绝我无礼的行为，还轻轻点头，答应了我的恳求。

此后的二十来天里，我们频繁幽会，度过了一段噩梦般的淫靡生活，我甚至都不知道该如何去描述这段日子。我在根岸的御行松下河畔租了一间带仓库的老房子，请附近杂货店的老婆婆帮忙照看。我和静子一般都是白天去那里幽会。这是我有史以来第一次深刻体会到女人的热情与放浪。有时我们仿佛回到了童年时代，在老旧鬼屋般的宽敞出租屋里，像猎犬一样伸出舌头大口喘气，玩你追我赶的游戏。每当我快抓住她时，她就会像海豚一样扭动身体，巧妙地从我手中挣脱。我们拼尽力气追逐，直到双方累得疲惫不堪，如死尸般折叠着瘫倒在地。有时候我们会在昏暗的仓库里静静地待上一两个小时。若有人来到仓库门口偷听，或许会听到女人持续不断的啜泣声，以及当中夹杂着的男子肆意放纵的哭声。

某天，静子从芍药花束中取出小山田生前常用的那条外国制皮鞭，不知为何，我突然感到害怕起来。她让我拿着鞭子，要我像小山田那样抽打她的裸体。想必是小山田的长期性虐待，使她染上了怪癖，让她陷入性受虐狂的扭曲欲望中无法自拔。如若我与她持续幽会半年以上，我势必也会染上小山田的怪癖。至于为何，因为当我经不住静子的哀求，将鞭子抽在她柔软的裸体上，见到白皙的肌肤上迅速浮现出骇人的红色肿痕时，我的内心竟涌起一股莫名的愉悦感。

但我写这份记录的初衷并非为了描写男女情事。等日后有机会编成小说，我再细细道来吧。接下来我想交代一个幽会期间从静子那里听到的事实。其实小山田那顶假发确实是他自己定做的。

对房事极度神经质的他，为了在与静子进行卧室游戏时掩盖自己煞风景的秃头，不顾静子笑着阻止，幼稚地执意定做了这样一项假发。我问静子为何隐瞒至今，她答说这种事情太难于启齿。

就这样，又过了二十几天。我担心太久不露面会引发猜疑，于是特意去了趟小山田家。与静子郑重其事地交谈了一个小时后，她照例叫了辆出租车送我回家。说来也巧，那天的司机恰好是先前将手套卖给我的青木民藏，而我也因此被再次带入那个诡异的白日梦中。

除了手套，无论是操作方向盘的姿势、破旧的藏青色外套（直接套在衬衫外面）、魁梧的肩膀，还是前方的挡风玻璃以及上面的小后视镜，一切都与一个月前一般无二。这令我产生了一种奇妙的感觉。突然想起我当时还试着用"大江春泥"的名字与司机打招呼。但出乎意料的是，大江春泥的照片、其作品中的古怪情节、异于常人的生活方式等，一股脑儿地涌入我的脑海。最后，我甚至怀疑春泥就坐在我旁边。有那么一瞬间，我感觉自己精神有些恍惚，甚至开始胡言乱语起来。

"喂喂，青木，上次那双手套，小山田先生是什么时候送给你的？"

"嗯？"司机像之前一样回过头，神色惊讶地看着我，"我想想啊，应该是去年的十一月……那天是账房发薪水的日子，我通常在这天去领薪水，所以记得很清楚，是十一月二十八日，绝对没错。"

"哦，十一月二十八日啊。"

我呆呆地重复着司机的话语。

"不过,先生,你为什么这么在意那双手套?该不会是那双手套有什么问题吧?"司机笑嘻嘻地问道。

我没有回话,只是出神地注视着挡风玻璃上的灰尘。就在车子行驶了四五百米的时候,我冷不丁地起身,猛地抓住司机的肩膀大喊道:

"喂,你说的是真的吗?你敢在法官面前做证是十一月二十八日吗?"

车身突然晃动起来,司机连忙调整好方向盘。

"在法官面前?您可别吓我啊,我敢肯定是十一月二十八日。我有证人,当时我的助手也在旁边。"

"那麻烦你赶紧掉头,回小山田家。"

司机的脸上充满了惊恐之色,但他还是听从我的吩咐,掉头开回到了小山田家门前。车一停下,我便飞也似的冲到玄关处,抓住其中一个女佣,二话不说问道:

"去年年底大扫除的时候,家里日式房间上的天花板全都拆下来用碱水清洗过了,这事是真的吗?"

前文提到过,我爬上天花板时,静子跟我说起过此事。女佣以为我神经错乱,盯着我的脸看了好一会儿才回道:

"嗯,是真的。但没有用碱水,只是用清水洗了一下。碱水清洗店的人也来过,不过那是十二月二十五日的事情。"

"每个房间的天花板都拆下来洗过?"

"没错,每个房间都洗过。"

兴许是听到了我与女佣交谈的声音，静子从里屋走出来，神色担忧地看着我问道："怎么了？"

我把问题重复了一遍，静子的回答与女佣一致。于是，我连告别的话都没来得及说便匆忙钻进出租车，命令司机送我回家。我深深地靠着椅背，再次陷入推想的泥潭中。

小山田家日式房间的天花板于去年十二月二十五日全部拆下来清洗过，所以，装饰扣应该是在这之后遗落在天花板上的。

但小山田在十一月二十八日便将手套送给司机了。前面提到过很多次了，遗落在天花板上的纽扣确定就是手套上的装饰扣。也就是说，那双手套在送人之前就已经掉了一颗装饰扣。这种好似爱因斯坦物理学实验的怪异现象究竟意味着什么？我的注意力集中在了这个问题上。为慎重起见，我再次前往车库拜访了青木民藏，并见到了他的助手，向他问了相同的问题。助手也笃定地回答是十一月二十八日。后来我又去拜访了为小山田家清洗天花板的负责人，对方确定清洗日期就是十二月二十五日。而且他还强调当时每块天花板都拆下来清洗过，再小的东西都不可能遗落在天花板上。

这时候，若执意认为那枚装饰扣是小山田遗失的，恐怕只能这样推测：手套脱落的装饰扣掉在了小山田的衣服口袋里，但小山田并不知情，他认为没有装饰扣的手套无法使用，于是将其送给了司机。一个月或者三个月后（因为静子是从二月份开始收到恐吓信的），某次小山田在天花板上爬动的时候，衣服口袋里的纽扣不慎掉了出来。装饰扣掉在上衣口袋（而不是大衣口袋）里这一点也十分怪异。（手套一般会放在外套口袋里。但小山田不可能会穿着大衣潜入天花板，连穿西装爬上去都极其不自然。）而且，像小山田这种有钱的绅士，不可能一件衣服从年底穿到开春。

事态突然逆转，阴兽大江春泥的阴影再次袭上心头。莫非小山田是性虐待狂这种充满近代推理小说色彩的素材让我产生了严重的错觉？（可他确实拿着外国制皮鞭抽打过静子。）这么说，小山田是被人杀害的？大江春泥，啊，怪物大江春泥的身影在我的脑中挥之不去。

一旦萌生这种念头，一切事物都会变得可疑起来。我不过是一介虚幻小说家，竟然轻而易举地梳理出了意见书上那样的推理，想来着实怪异。我隐约觉得那份意见书里存在一个致命的错误，当然也因为我沉迷于静子的肉体，一直将草稿搁置一边，没有抽空誊写。其实我一直都有些提不起劲，如今看来，反倒有些庆幸。

仔细想想，这起事件的证据未免太过齐全。像是在前方等着任我获取一般。大江春泥也在作品里说过，当侦探手中掌握了过多的证据时，必须要提高警惕。首先，那些笔迹逼真的威胁信怎么看也不像是小山田仿造出来的。本田也说过，即便有人能模仿春泥的笔迹，也无法复制他独具一格的文风，更何况小山田是个实业家，他又如何能模仿得来呢？此前我一直忽略了一件事情，其实春泥在小说《一张收据》中描述过类似的情节。书中讲述了歇斯底里的医学博士夫人因对丈夫深恶痛绝，于是捏造种种证据，让外界认为是博士模仿她的字迹写下了字条，借此将杀人罪嫁祸到丈夫头上。这次的事件亦是如此，说不定春泥也采用了相同的手段陷害小山田。

换个角度来看，整起事件如同春泥的作品集。例如天花板偷窥行为来自《天花板上的游戏》，连物证装饰扣也与小说如出一辙。模仿春泥的笔迹出自《一张收据》。通过静子脖颈上的红痕暗示其丈夫是性虐待狂则是《D坂杀人事件》中的手法。此外，无论是玻璃碎片造成的刺伤，还是尸体一丝不挂地漂到了码头厕所下方，整起事件都充斥着大江春泥独有的气息。若将其归为巧合，未免太过牵强。从始至终，春泥的阴影一直笼罩着整起事件。我像是在遵照大江春泥的指示，机械般地构思出了他想要的推理。我仿佛被春泥附体了一般。

春泥一定就藏在某个地方，用蛇蝎般的目光冷冷地注视着一切。我并没有什么根据，只是没来由地这样感觉。可是，他究竟在哪儿？

我躺在房间的被褥上翻来覆去地思考着这些。即便是我这种身体强壮的人，也禁不住漫无边际地推想，我逐渐感到疲惫，甚至开始打起盹来，其间还做了一个奇怪的梦。等我猛然惊醒时，一个奇怪的念头浮现脑海。

当时已是深夜，但我顾不得那么多，当即给本田打了通电话。

"我记得你说过大江春泥的夫人长着一张圆脸对吧？"

本田刚接起电话，我顾不上寒暄，直截了当地问道。本田被吓了一跳。

"嗯，没错。"

他顿了顿，察觉到是我后，才用充满睡意的声音问道。

"而且总是梳着西式发型？"

"嗯，没错。"

"还戴着近视眼镜？"

"嗯，是的。"

"还镶了金牙对吧？"

"嗯，是的。"

"她是不是牙不太好，脸上总是贴着止痛膏药？"

"你了解得挺详细嘛，你见过春泥夫人吗？"

"没有，我只是听樱木町附近的居民说的，你见到她的时候，也还在牙痛吗？"

"对，她总是那样，可能真的牙不好吧。"

"膏药是贴在右脸上吗？"

"记不清了，应该是右脸。"

"可是，梳着西式发型的年轻女士，竟会贴着老土的膏药，这多少有点奇怪，现在都没人会贴膏药了。"

"是啊，先生，怎么了吗？你是不是发现什么线索了？"

"嗯，没错，有空再细说吧。"

为慎重起见，我又把刚才的问题重新问了一遍。

然后，我像解几何题一般，在草稿纸上列出各种图形、文字和公式，反复擦写，直至天亮。

11

出于以上原因，平日由我主动寄出的幽会邀请函中断了三天。静子似乎有些按捺不住，主动寄了封邀约信函，要我明日午后三点去秘密小屋会面，信上还抱怨道："发现我是一个生性淫荡的女人后，您开始对我感到厌恶和恐惧了吗？"

收到静子的来信后，我莫名地提不起劲，丝毫没有想见她的欲望。但我还是按照她指定的时间，如期赶往御行松下的鬼屋。

虽已进入六月，梅雨季前的天空依旧阴沉沉的，仿佛直接罩在了头顶，压得人喘不过气来。那天天气异常闷热，我下了电车，刚走三四百米，腋下、背上便满是汗水。下意识一摸，富士绸面衬衫也早已湿透。

静子比我先到一步，正坐在仓库的床上等我。仓库十分阴凉，二楼铺有地毯，上面摆放着床和长椅，另外还有几面大镜子。我们尽可能地装饰着这个游戏舞台。静子更是不听劝阻，地毯和床全都是做工精细、价格昂贵的高级货。

静子身着时尚的结城绸面单衣，系着绣有梧桐落叶图案的黑色缎面腰带，头上依旧梳着光鲜亮丽的丸子发髻，轻柔地坐在床铺的纯白床单上。在仓库昏暗光线的衬托下，西式家具与日式装扮的她形成鲜明的对比。看着眼前这个一如既往地（丈夫死后依然没有改变）梳着光鲜亮丽的丸子发髻的女人，我的眼前顿时浮现出她放荡淫靡的模样——发髻松垮，刘海凌乱地垂至额前，后脑勺的头发湿漉漉地交缠在脖颈处。她每次从密会地点返回家中前，都要在镜子前花上三十分钟整理头发。

"前些天见你特意赶回来问年底大扫除的事情，发生什么事了吗？从没见过您那样慌张，我琢磨了很久，可怎么也想不明白。"

我刚走进房间，静子便立刻询问道。

"你不明白？"我边脱下西服上衣边回答，"大事不妙了，我犯了个致命的错误。天花板是在十二月底清洗的，可小山田先生手套上的装饰扣至少是在那一个月前脱落的，因为司机说小山田先生十一月二十八日就将那双手套送给了他，装饰扣自然是在那之前掉落的。这样一来，顺序就完全颠倒了。"

"这样啊。"静子露出惊讶的神情，但还是有些不得要领，"但是，装饰扣应该先从手套上脱落，然后才会遗落在天花板上吧？"

"逻辑是没错，但问题出在中间这段时间上。也就是说，装饰扣并不是小山田先生爬上天花板时掉落的，那可就奇怪了。确切来说，装饰扣应该在脱落的同时掉在天花板上，然后原封不动地留在原地。可实际装饰扣的脱落时间与掉落在天花板上的时间间隔了一个月，这用物理规律根本解释不通。"

"也是啊。"静子面色苍白地附和完，再次陷入沉思。

"如果脱落的装饰扣放在了小山田先生的衣服口袋里，一个月后不小心掉在了天花板上，似乎也能解释得通。但小山田先生可能从十一月到今年开春一直穿着同一件衣服吗？"

"不可能，我丈夫是个讲究人，年底前已经换上加厚的保暖衣物了。"

"你看，那不就很奇怪吗？"

"这么说……"她屏住呼吸，"果然是平田……"说到这里，她欲言又止。

"没错，在这起事件中，大江春泥的气息太过浓重，我必须要重新修改之前的意见书。"

接着，我向静子简单说明了前文提到的疑点：整起事件如同大江春泥的作品集，证据过于齐全，伪造的恐吓信过于逼真，等等。

"你可能不太清楚，春泥的为人和生活习惯十分古怪。他为什么从不与访客见面？为什么总是搬家、旅行或是以生病为借口躲避访客？最后为什么不惜浪费钱在向岛须崎町租着房间却不住。他再怎么讨厌与人接触，也不至于做到这种地步吧？若不是为了杀人做准备，这一切未免太过诡异。"

我坐到静子身旁如此说道。静子想到一切都是春泥所为，顿时害怕起来。她紧紧地靠着我，用力抓着我的左手手腕，撩得我瘙痒难耐。

"仔细想想，我简直就像是那家伙的傀儡。我不过是循着他事先准备好的伪证，将他精心策划的推理重演了一遍而已。啊哈哈哈……"我自嘲似的笑了起来，"那家伙真是可怕，能够看透我的想法，并按照我的思路伪造证据。普通侦探根本不是他的对手。

若非我这种热爱推理的小说家，根本不可能有如此百转千回、天马行空的推想。但如果凶手就是春泥，当中又有许多解释不通的地方。而这正是此案的难点所在。春泥就是这样一个城府极深的恶徒。总的来说，这起事件总共有两个不合理之处，一是恐吓信在小山田先生死后便不再寄来；二是日记、春泥的小说、《新青年》这些东西为何会出现在小山田先生的书柜里。如果春泥就是凶手，这两点怎么也说不通。如果日记空白处的那段文字是春泥模仿小山田先生的笔迹写上去的，《新青年》杂志扉页的铅笔痕迹也是春泥故意留下的，那么问题来了，春泥是如何拿到小山田先生从不离身的书柜钥匙的？他又是如何潜入书房的？这些问题我足足想了三天，想得我头都开始痛了。最后我找到了唯一的答案。"

"正如我刚才说的那样，这起事件充满了春泥的气息。于是我仔细研究了一番他的作品，看能不能从中找到解谜的关键。有件事忘了跟你说，博文馆的本田有次跟我说，他曾见到春泥戴着尖顶红帽，穿着小丑服在浅草公园游荡。后来我们去问过广告公司，公司员工说这人应该就是公园里的流浪汉。春泥混入浅草公园的流浪汉中，这不是跟史蒂文森的《化身博士》①一样吗？注意到这点后，我去查阅了春泥的著作，看是否有类似的作品。你应该知道吧，他在失踪前创作了一部长篇小说《全景国》，更早之前还写过一部名为《一人两角》的短篇小说。读完这两篇你会发现，那

①19世纪英国作家罗伯特·路易斯·史蒂文森创作的长篇小说，书中塑造了文学史上首位双重人格形象。

家伙是何等痴迷于《化身博士》中一人分饰两角的手法。"

"我好害怕!"静子握着我的手说道,"你说话的语气好可怕,还是别说了吧,我不想在昏暗的仓库里听你说这些。这些以后再说吧,我们今天先玩游戏吧。只要跟你在一起,我就没有心思去想平田的事情。"

"你还是听我说完吧,这可事关你的性命。万一春泥又想来害你呢?"我哪还有心思玩情趣游戏,"另外,我还在这次的事件中发现了两个不可思议的一致点。说得专业一点,一个是空间上的一致,另一个是时间上的一致。这里有张东京地图。"我从口袋里掏出事先备好的东京简易地图,指着上面说道:"我向本田和象泻警署的署长打听过大江春泥这些年来居住过的地方,大致有池袋、牛込喜久井町、根岸、谷中初音町、日暮里金杉、神田末广町、上野樱木町、本所柳岛町、向岛须崎町。从地图来看,当中只有池袋和牛込喜久井町距离较远,剩余七个地区大致都集中在东京东北角的狭长地带。这是春泥最大的失策。至于为何只有池袋和牛込这两个位置距离较远,考虑到春泥名气渐涨,从根岸时期开始频繁有各路记者上门拜访,也就不难理解了。也就是说,在搬离牛込喜久井町之前,他的手稿都是通过邮寄的方式交付。但若把根岸之后的七个地区用直线连接起来,会呈现出一个不规则的圆形。圆中心便隐藏着解谜的关键。为何这么说?我接下来会解释给你听。"

这时,静子像是想起什么似的,突然松开手,双手搂住我的脖子,轻启蒙娜丽莎般的双唇,露出洁白的虎牙,低声说了句

"我好害怕"。她将脸颊紧贴着我的脸颊，用力吻住我的嘴唇。过了一会儿，她稍稍移开嘴唇，用食指若有若无地撩拨着我的耳朵，将嘴唇凑到我耳边，用哼唱摇篮曲般的温柔语调轻声说道：

"把宝贵的时间花在这种可怕的事情上多浪费呀。先生，您难道没感受到我嘴唇间的炽热吗？您没听到我剧烈的心跳声吗？抱紧我，求你了，快抱紧我吧。"

"快了，你再忍耐一会儿，听我把话讲完。我今天来这里就是为了好好跟你商量这事的。"我没有理会她的恳求，继续说道，"接下来是时间上的一致，我记得春泥的名字是前年年底突然从杂志上消失的。而小山田先生恰巧也是前年年底回国的对吧？这个你之前亲口告诉过我。这两个时间为何会如此一致？纯属巧合吗？你对此有何看法？"

还没等我说完，静子便跑到房间的角落取来鞭子，硬塞到我手里，二话不说脱下和服，趴在床上，从光滑细腻的赤裸香肩下看向我。

"那又怎样？那种小事！那种小事！"静子发疯似的胡言乱语起来，"快点，来抽我！抽我！"她边叫着边像波浪一样扭动着上半身。

透过狭小的窗户，能窥见一片灰暗的天空。兴许是有电车驶过，远方雷鸣般的轰隆声夹杂着耳鸣声席卷而来，如同魔兽大军从天而降时的击鼓声，令我倍感不适。或许是当天的天气和仓库中的异常氛围使我们变得神经错乱。事后想来，我和静子当时都不正常。我盯着静子趴在床上痛苦扭动着布满汗水的白皙肉体，执拗地继续着我的推理。

"另一方面，在这起事件中，大江春泥确实存在，这是不争的事实。可日本警察足足搜寻了两个月，也未能找到那个知名的小说作家，他像是从人间蒸发了一般。啊！光是想想就觉得可怕。这竟然不是噩梦，真是不可思议。他使用了什么忍术潜入小山田先生的书房？他又是如何打开那个上锁的书柜的……我不由得想起一个人来。那人不是别人，正是女推理作家平山日出子。世人以为他是女性，连不少作家和编辑都对此深信不疑。听说每天都有无数青年书迷给他写情书。但实际上他是男性，而且还是身份高贵的政府官员。身为推理作家，我、春泥、平山日出子都是怪物。男性假扮成女性，女性假扮成男性，在猎奇心的驱使下，很容易做出这种事来。有个作家就曾在晚上男扮女装去浅草一带游荡，甚至跟男人谈起了恋爱。"

我像是走火入魔般喋喋不休地述说着，汗水顺着脸颊流入口中，那种感觉五味杂陈。

"喂，静子小姐，仔细听着，看我的推理有没有错。我把春泥住过的地方连起来，形成了一个圆，你猜圆中心是哪里？请看这张地图，就是你家！浅草山之宿！这些地方离你家距离全都不超过十分钟……小山田先生回国后，为什么春泥也跟着销声匿迹了？因为你不再去学习茶道和音乐了，明白了吗？小山田先生出国的这段时间里，你每天下午到晚上都会去学习茶道和音乐。是谁事先安排好证据，诱导我往那个方向推理的？是你！你故意在博物馆勾搭上我，之后肆意操控我的思维……只有你可以在日记本上随意添加内容，将其他物证放入小山田先生的书柜，并且将装饰扣放到天花板上。这就是我的推理，你有别的想法吗？快回答我！快回答我啊！"

"太过分了！真是太过分了！"赤裸的静子"哇"地扑到了我身上，将脸颊贴在我的衬衣上，哭得撕心裂肺，我的肌肤甚至能感受到她滚烫的泪水。

"你为什么要哭？刚才为什么想阻止我？这毕竟关系到你的性命，你应该想听才对。单凭这点，我就不得不怀疑你。请仔细听着，静子小姐，我的推理还没有结束。大江春泥的夫人为何戴眼镜、镶金牙、脸上贴止痛膏药？为何梳着西式发型，以圆脸的形象示人？这简直跟《全景国》中的乔装手法如出一辙。春泥在这部小说中分享了日本人变装的精髓。那就是改变发型、戴眼镜、含棉花，而《两分铜币》中也出现过在健康牙齿上贴镀金假牙的桥段。你为了掩饰引人注目的虎牙，只好贴上镀金假牙。为了掩盖右脸上的大黑痣，又故意贴上止痛膏药。然后还将头发梳成西式发型，故意让脸看起来很圆……这些对你来说都是小菜一碟。于是，你摇身变成了春泥夫人。前天，我让本田偷偷观察过你，让他帮忙确认你是不是跟春泥夫人很像。他说如果你把丸子发髻改成西式发型，戴上眼镜，贴上镀金假牙的话，确实跟春泥夫人一般无二。好，你来说说吧。现在已经真相大白了。事已至此，你还打算蒙骗我吗？"

我一把推开静子。她无力地瘫软在床上，撕心裂肺地哭着，始终没有回应我。我顿时失去理智，下意识抄起皮鞭，用力抽打起她赤裸的背部。我忘乎所以地朝她身上不住地抽打着。她白皙的肌肤逐渐泛红，不久后化作蚯蚓般的肿痕，表面渗出殷红的鲜血。在我的抽打下，她像往常一样挥动着手脚，扭动着身体，在几近昏迷的状态下低声呢喃着"平田、平田"。

"平田？哦，看来你还想蒙骗我。你想说既然你乔装成了春泥夫人，那春泥一定另有其人对吧？哪有什么春泥，那不过是个虚构出来的人物而已。为了隐瞒这个事实，你才会假扮成春泥夫人与编辑接触，并且频繁更换住处。但有些人是不会轻易被虚构的人物蒙骗的。所以你才会雇浅草公园的流浪汉，让他睡在家里。并非春泥假扮成小丑，而是穿小丑服的男人假扮成春泥。"

静子趴在床上一语不发，像是死了一般。唯有背上蜿蜒的红色肿痕像是有生命一般，随着她的呼吸不断地蠕动。见她迟迟没说话，我也逐渐冷静下来。

"静子小姐，我本不想这样伤害你的，我也希望我们能心平气和地交谈，可你总是试图回避我的话题，还试图用媚态蒙混过关，所以我才会失去理智，请原谅。接下来我会按顺序说出你的所作所为，如果有哪里不对，还请告知一声。"

于是，我将自己的推理简单明了地总结了一遍。

"作为女人，你拥有异于常人的智慧与文采。单从你寄来的信件便能看出。因此，你会以匿名的方式，或是借男性之名创作推理小说倒也在情理之中。但意外的是，小说广受好评。在你刚开始出名的时候，小山田先生去国外工作了两年。为了排遣寂寞，满足自己的猎奇癖，你想出了一人分饰三角的可怕诡计。你曾创作过一部名为《一人二角》的小说，后来你在此基础上想出了一人分饰三角的完美计划。你以平田一郎的名义在根岸租了间房子，此前的池袋和牛込恐怕也只是弄了个收信地址吧。然后，你以不喜与人接触、外出旅行等为借口，隐藏平田这名男子的行踪。你自己则假扮成平田夫人，替他处理文稿等一切相关事宜。也就是说，创作小说时，你是笔名为大江春泥的平田，面见杂志记者和租房时，你是平田夫人。在山之宿的小山田家中时，你是小山田夫人。你一人分饰三角。为此，你必须要每天下午以学习茶道和音乐为借口外出。你一人担任两个角色，半天是小山田夫人，另半天则是平田夫人。因为必须要更换发型和衣着，地方太远难免不便。所以你每次更换住处都会选离山之宿大约十分钟车程的地方。我也有强烈的猎奇心，所以很能理解你的心情。这世间恐怕找不出比这更辛苦而又有趣的游戏了。我想起曾经有位评论家说过，春泥的作品充斥着唯有女性才具备的可怕猜疑心，如同在黑暗中蠢蠢欲动的阴兽。看来那个批评家说的没错。

"然后，两年很快过去，小山田先生回国了，你没办法再一人分饰两角，于是决定让大江春泥从世间销声匿迹。外界都知晓春泥极度讨厌与人接触，对于他的离奇失踪并没有起疑心。至于你为何想出这种可怕的犯罪，身为男性的我无法理解。但我也曾读过变态心理学方面的书，我记得书上说过，歇斯底里型人格的妇女时常会给自己写恐吓信，国内外也有过诸多案例。可能是想让自己害怕，借此博得他人的同情吧。想必你也是如此。收到自己所扮演的知名男作家寄来的恐吓信，这是何等有趣啊！

"同时，你对上年纪的丈夫心有不满，甚至开始对丈夫出国期间的那段变态自由生活产生了强烈的向往。不，说得更深入点，你对春泥小说中刻画的犯罪、杀人行为怀有浓厚的兴趣。而此时恰好有春泥这个不知所踪的虚构人物，只要将罪行推到他身上，你就可以永保平安，不但能摆脱惹人厌的丈夫，还能继承庞大的遗产，轻松自在地度过下半生。

"但你对此仍不满足，为求稳妥，你设下两道防线。于是我成功被你选中。毕竟我时常批判春泥的作品，你可能想将我当成傀儡肆意操控，以报往日之仇吧。所以，当你看到我那份意见书时，你一定觉得十分可笑吧！要糊弄我根本无须费功夫，手套上的装饰扣、日记本空白处的文字、《新青年》《天花板上的游戏》，有这些便足够。正如你时常在小说中强调的那样，罪犯总会难免犯下一些不起眼的小错误。你捡到小山田先生手套上脱落的装饰扣后，将其伪装成了重要物证。但你没有去查证装饰扣是何时掉落的，而你也不知道那双手套早就送给司机了，这是何等粗陋的失误啊！至于小山田先生的致命伤，还是跟我之前推理的一样。但不同的是，小山田先生并非在窗外偷窥时失足掉落的，而是在做卧房私密游戏的时候（所以才会戴着那顶假发），被你从窗户推下去的。

"好了，静子小姐，我的推理对不对？快回答我啊。如果可以，请推翻我的推理，说话啊，静子小姐！"

我将手搭在静子瘫软的肩上，轻轻摇了摇她。或许是出于羞愧与懊悔，她始终没有抬头，整个人一动不动，沉默不语。

　　我把所有的话讲完后，整个人像泄了气的皮球，茫然地站在原地。先前那个独一无二的完美恋人，此刻化作受伤的阴兽，瘫倒在我面前。我注视着这般光景，眼眶不自觉地发热。

　　"那我先回去了。"我重新打起精神，"你回头好好想想，选择一条正确的道路吧。多亏了你，这一个月来，我见识到了从未体验过的情欲世界。想到这些，此刻我依旧对你难以割舍。但我的良心不允许我继续下去，我是个比常人更注重道德素养的男人……就这样吧，再见。"

　　我深情地吻了吻静子背部蜿蜒的肿痕，转身离开了这个曾属于我们的情欲舞台。天空越发阴沉，气温似乎更高了。我拖着满是臭汗的身体，咬紧不住颤抖的牙关，精神恍惚地迈着踉跄的步伐向前走去。

12

第二天，我通过晚报得知了静子自杀的消息。她大概也跟小山田六郎一样，从洋房二楼跳进隅田川，主动结束了自己的生命。命运这东西真是可怕，兴许因为隅田川的流向是固定的，她的尸体也漂到了吾妻桥下的轮船码头处，直到清晨被人发现。毫不知情的报社记者在报道的末尾补充了一句："小山田夫人恐遭同一人杀害，就这样结束了其短暂的一生。"

看完这篇报道，我不禁为昔日恋人的惨死感到同情，同时也感到深深的哀伤。但我也认为，静子的死等同于坦白了自身的可怕罪行，这种结果也是在所难免。在此后的一个月时间里，我对此深信不疑。

但随着我推想的热情逐渐减退，可怕的疑虑逐渐涌至脑海。我并没有从静子口中听到任何忏悔的话语。虽说有足够的证据支撑我的推理，但这些证据的解释全凭我的猜想，并非二加二等于四那般绝对。在这起事件中，我不也凭着司机与天花板清洁工的证词，推翻了先前构筑的完美推理和诸多证据，并给出了完全相反的解释吗？谁能保证同样的情况不会发生在另一次推理上呢？其实在仓库二楼指责静子时，我并没有打算做得那样绝情。原本我想心平气和地讲明原委，耐心听她辩解。可说到一半的时候，她的态度加重了我的猜疑心，所以我才会变得疾言厉色、盛气凌人。最后催促了多次，她也闭口不答，于是我擅自将其解读为认罪。可那终究是我的个人推断不是吗？

没错，她自杀了。（但真的是自杀吗？抑或是他杀？若是他杀，那凶手为何人？想来真是可怕。）即便是自杀又如何？这样就能证明她有罪吗？或许当中另有原因。例如：受到我（被她视为依靠的人）的严苛质疑，得知自己无从辩解，加之女人天生心胸狭隘，一时冲动结束了自己的生命。若是如此，即便我没有亲自动手，不也等同于是我害死了她吗？我刚刚还说不是他杀，可这不是他杀又是什么？

如果疑虑仅限于我可能杀死了一名女性，倒还能忍受。但问题是，我不幸的妄想癖开始朝着更可怕的方向发展。她明显深爱着我。一个女人被自己爱的人怀疑，甚至被扣上恐怖杀人犯的罪名，她会是何种心情？正因为她爱我，所以才会为恋人的怀疑与责难感到心痛，最后索性一死了之。又或者，即便我那番可怕的推理是正确的，那她为何要杀死与自己相处多年的丈夫？为了自由？抑或是财产？会有女人为了那种东西不惜去杀人吗？难道不是因为爱情？而她深爱的对象不正是我吗？

啊，我该如何打消这可怕的疑虑呢？不管静子是不是杀人犯，说到底都是我害死了深爱着我的可怜女子。我只能诅咒自己那狭隘的道义念头。这世上有比爱情更强大、更美好的东西吗？可我却用道学家的顽固心态，将清新唯美的爱情残忍地击碎。

但如果一切如我推想的那般，她就是大江春泥本人，并且犯下了可怕的杀人罪，或许我的良心还能得到些许慰藉。但事到如今，我要如何确认呢？小山田六郎死了，小山田静子也死了，大江春泥也一定从这世间永远消失了。本田说静子和春泥夫人长相极为相似，可单纯的相似又能证明什么？我拜访了系崎检察官几次，询问后来的进展，但他总是含糊其词。看来搜寻大江春泥并没有什么实质性的进展。我还托人去静冈调查了平田一郎的老家，希望能借此证明他确实是个虚构人物，但事与愿违，我得到的回复是：确实有平田一郎这个人，只是目前下落不明。即便平田这个人确实存在，而且是静子的昔日恋人，可我要如何断定他就是大江春泥，也就是杀死小山田六郎的凶手呢？可他已经下落不明，谁也不知道静子有没有利用昔日恋人的名字来实施一人三角的计划。在小山田家亲戚的许可下，我仔细检查了静子的常用物品和信件，试图借此弄清一些事实，但同样以失望收场。

我为自己的推理癖和妄想癖感到无比的懊悔。如果可以，我愿意倾尽一生，走遍全国乃至世界各地去寻找平田一郎（即大江春泥）的踪迹，即便知道一切到头来只是徒劳。（但即便找到春泥，无论他是不是凶手，我的痛苦都只会有增无减，只是痛苦的源头略有不同而已。）

距离静子惨死已经过去半年，平田一郎依然不见踪影。而我那无可救药的可怕疑虑，反而随着时间的流逝越发强烈起来。

D坂杀人事件

D —— BAN

SHAREN ——

SHIJIAN ——

事实（上）

　　事情发生在九月上旬某个闷热的夜晚。当时我正坐在位于D坂大道中段位置的白梅轩咖啡馆内轻啜着冰咖啡，这是我时常光顾的一家店铺。那时我才刚毕业不久，也没有一份像样的工作，成天无所事事地待在出租房里看书，看烦了就出门漫无目的地闲逛，或是找家便宜的咖啡馆打发时间。这些几乎已成为我每日的例行事项。由于白梅轩离我的住处很近，而且不管去哪个方向散步都必定要经过那里，于是我渐渐成了这家店铺的常客。但我这人有个坏习惯：一进咖啡馆就要待上很长一段时间。可因我食欲不振，加上囊中羞涩，所以我从不点餐，每次只会要一杯便宜的咖啡，续上两三杯便可打发一两个小时。不过，我频繁光顾咖啡馆并非因为我爱慕某个女服务生，或是想借机调戏她们。说白了，只是因为店内环境比出租屋要好，待起来更舒服罢了。事发当晚，我像往常一样坐在能够眺望到街景的位置上，一边细细地品着冰咖啡，一边出神地望着窗外。

　　言归正传，白梅轩所在的D坂大道曾因菊花人偶①远近闻名。

---

　　① 一种用菊花、菊叶做成的人偶。

事发当时，那条狭窄的街道刚因区划调整被拓宽成了数间[1]宽的大道，道路两旁仅有零星的几家店铺，比现在要冷清得多。与白梅轩隔街相望的是一家旧书店，方才我一直在观察那里。这家旧书店位置偏僻，装修简陋，并没有什么特别值得一看的地方，但却深深地吸引着我。前阵子我在白梅轩结识了一个特别的男人，名叫明智小五郎。交谈几次后，我发现他就是个怪人，虽然看起来很聪明的样子，但真正引起我注意的是他对侦探小说的热爱。前阵子我听他提起才知道，原来对面旧书店的老板娘与他是旧识。我曾在这家书店买过两三次书，老板娘是个不折不扣的美人，虽然长相上没有特别出众的地方，却拥有足以令男人为之着迷的女性气质。她每天晚上都会在店里照看生意，今晚肯定也不例外吧。然而，仅九尺宽的旧书店里却不见她的踪影。我目不转睛地盯着那里，期待她从某个角落现身。

但出乎意料的是，老板娘迟迟没有露面。正当我感到无趣，欲将视线挪向隔壁的钟表店时，却瞥见分隔店面与里屋的纸拉门[2]上的格子缝突然被合上——那是一种被行家称作"无窗"的纸拉门。普通纸拉门会在中间糊上和纸，"无窗"的中间则用纵向双层格棂替代，以便自由开合——样式十分独特。旧书店尤其容易遭窃，因此店面无人照看的时候，里屋的人会透过纸拉门的缝隙密切留意店面的状况。但此刻门上的缝隙却被完全合上，说来实在

---

① 长度单位，1 间约等于 1.82 米。
② 日式建筑里用来隔断房间的拉门，优点在于轻巧简便，不占空间。

奇怪。若是寒冷时节倒还能理解，可眼下才刚进入九月，夜晚依旧闷热难耐，此时将门关得严丝合缝，多少有些古怪。种种迹象告诉我，里屋的情况非比寻常，想到这里，我不敢再挪开视线。

说起旧书店的老板娘，我曾听咖啡馆的女服务生聊起过有关她的传闻。当时她们正在议论在澡堂里碰到的商店老板娘们的闲话，当中有一段令我十分在意。当时有个女服务生说："别看那旧书店的老板娘外表光鲜，其实脱下衣服身上都是伤，一看就是被打或者被掐出来的，可从没听说他们夫妻不和啊，真是奇怪。"另一个女服务生忍不住插嘴道："隔壁荞麦店旭屋的老板娘身上不也经常是伤吗？好像是被殴打留下的。"……刚听到这些传闻时，我并没有多想，只觉得她们的丈夫下手太狠。但各位读者，事情并没有那么简单。直到后来我才发现，这件不起眼的小事，其实与整个事件存在莫大的关联。

这件事暂且不提，总之，我盯着那家旧书店看了约莫半个钟头。直觉告诉我，哪怕稍稍挪开视线，都有可能错过什么，所以我丝毫不敢松懈。恰在此时，方才提到的明智小五郎穿着那件熟悉的粗条纹浴衣，摇晃着肩膀从窗外经过。注意到我后，他朝我点了点头，走进店里，点了杯冰咖啡，在我旁边的位置坐下。发现我一直在盯着某处，他也循着我的视线望过去，跟着观察起了对面的旧书店。不可思议的是，他也饶有兴致、目不转睛地盯着那里。

我们心照不宣地一边观察同一个地方，一边聊起无关紧要的话题。至于具体聊了什么，如今我也记不清了，加上谈话内容与本次事件无关，这里姑且略过。只依稀记得是与犯罪、侦探有关的话题，在此稍稍列举一小段作为参考。

明智说："这世上真的不存在没有破绽的完美犯罪吗？我倒认为很有可能存在。比如谷崎润一郎的《散步途中》①，那种作案手法不可能会被发现吧？虽然在故事的结尾，侦探成功发现了事件的真相，但那不过是作者想象的结果！"

我当即反驳："不，我不这么认为。且不论实际如何，至少从理论上讲，这世上不存在侦探破解不了的案件。只不过现在的警局缺少像《散步途中》那样出色的侦探罢了。"

聊天内容大致如此。突然，我们默契地停止了谈话。视线另一头的旧书店里发生了一件有趣的事情。

"看来你也注意到了。"我小声说道。

他立刻回答："那应该是偷书贼吧？确实很可疑，从我坐下来到现在，这已经是第四个了。"

"你来这儿才不过半个钟头，竟然就发现了四个偷书贼，这着实可疑。其实你来之前我就注意到了，大约一个钟头前吧。看到那扇纸拉门了吗？自打上面的格子缝被合上后，我就一直盯着那里。"

"会不会是里面的人出去了？"

"但问题是，纸拉门从未打开过，要从里面出来的话，只能走后门了……可足足三十分钟没人看店，这太不寻常了。怎么样，要不一起去看看情况？"

---

① 谷崎润一郎于1920年发表的短篇推理悬疑小说。讲述了凶手利用多个不起眼的小手段及偶然事件杀死前妻的故事，被江户川乱步誉为概率性犯罪的先驱之作。

"你说得有道理，虽然里屋看似正常，但说不定店里发生了什么！"

要是碰上犯罪事件，那可就太有意思了——我怀着这种想法走出了咖啡馆。明智似乎也有同感，他看起来十分兴奋。

店内摆设与普通旧书店并无两样，脚下为土间①地面，正面与左右两侧摆放着高度贴近天花板的大型书架，书架半腰处摆放着用于整理书本用的台座。店铺中央有一张长方形的台案，上面堆满了各式各类的书籍。正对面的书架右侧有一条约三尺宽的过道。方才提到的纸拉门就在此处。门前放有半张榻榻米，老板娘平日就坐在这里照看店铺。

我和明智来到榻榻米前，朝门后喊了几声，但没有任何回应，似乎真的没人在家。我将门稍稍拉开一个缝隙，窥探起里屋的情况。里面没有灯光，四周黑漆漆的，但借助屋外的光线，隐约能看到屋子角落处横着一团黑影。我感到十分可疑，再次大喊了一声，可依然没有回应。

"算了，我们进去看看吧！"

我和明智二话不说走进了里屋。就在明智打开电灯开关的那一刹那，我们不约而同地发出了尖叫，因为屋子的角落处躺着一具女尸。

"这不就是这家店的老板娘吗？"我许久才缓过神来。"看起来像是被人掐死的。"

---

① 土间指日式建筑中未铺设木板的泥土地面。

明智走到尸体旁查看完情况，半命令半叮嘱地说："看来已经没救了，必须赶快通知警方。我去找公共电话报警，你留在这里看守现场，别让附近的人知道这事，万一线索被破坏就糟糕了。"

说着，他转身朝着半町^①外的公共电话亭奔去。

别看我平日没事将犯罪、侦探挂在嘴边，但那不过是纸上谈兵。这是我第一次亲临案发现场。至于具体该做什么，我根本毫无头绪，只能望着屋内发呆。

这个房间约六榻榻米大小，为一居室设计，房间的右后方有一条约六尺宽的狭窄檐廊，檐廊的另一侧有个两坪^②大小的庭院，外加一个厕所，庭院外围被木板墙围了起来。当时正值夏季，房门打开着，房间后面的情况一览无遗。房间左侧三尺宽的位置有一扇推拉门，门后有一个约两榻榻米大小、连通着后门的狭窄厨房，后门及腰高的纸拉门紧闭着。右侧有四扇合拢的纸拉门，里面设有通往二楼的楼梯，平日也作为储藏室使用。布局与常见的廉价长屋一般无二。

尸体倒在靠左侧的墙壁附近，头朝向店面。为避免破坏案发现场，加上内心的恐惧，我尽量与尸体保持距离。由于房间太过狭小，尽管我极力回避，视线还是不自觉地落到了尸体身上。老板娘身穿简朴的印花浴衣，整个人几乎仰躺在地上，衣服被卷到了膝盖以上，大腿裸露在外，没有明显的抵抗痕迹。脖子上隐约

---

① 长度单位，1町约等于109米。
② 面积单位，1坪约等于3.3平方米。

有一道紫色的掐痕，生前似乎被人勒过。

街道上往来的行人络绎不绝，隐约能听到人们交谈的声音、木屐撞击地面的声音，以及醉酒的人哼唱流行歌曲的声音，俨然一幅太平盛世的景象。可仅一门之隔的地方，却有一个女子惨遭杀害，这是多么讽刺啊。莫名的伤感袭上心头，我就这样呆呆地伫立在原地。

"警察说马上赶过来。"明智上气不接下气地说道。

"哦，这样啊。"

我艰难地挤出一句话。此后，我们没有再说话，只是漠然地面面相觑。

不久，一名身穿制服的警察带着一名西装男子来到了案发现场。后来我才得知，身穿制服的警察是 K 警署的司法主任。另一位从他的穿着和携带的物品来看，应该是 K 警署的警医。我们向司法主任大致说明了情况。随后我又补充道：

"这位明智先生进入咖啡馆时，我下意识地看了下钟表，当时大概是八点半。也就是说，门上的格子缝是在八点左右合上的。我记得当时房间里亮着灯。所以，在八点左右，房间里是有人的，我是指活人。"

司法主任一边听取我们的陈述，一边在记事本上做起了记录。与此同时，警医也对尸体进行了初步检查。我们话音刚落，他便立即开口说道：

"死者是被人掐死的。请看这里，紫色部分是指痕，出血的部位应该是被指甲抓伤导致的。大拇指指痕位于死者脖子的右侧，由此可以推断，凶手是右手作案。从尸体状态来看，死亡时间应该不超过一个小时，但已经没有生还的可能。"

"凶手应该是从正上方压住死者行凶的。"司法主任若有所思地说道，"但现场没有任何抵抗的痕迹……恐怕是凶手作案速度太快、力气较大的缘故。"

接着，他转身看向我们，询问起店铺老板的情况。很遗憾，我们对此一无所知。于是，明智灵机一动，找来了隔壁钟表店的老板。

司法主任与钟表店老板之间的对话大致如下：

"你知道这家店的老板去哪了吗？"

"他每天晚上都会去夜市摆摊，一般不到十二点是不会回来的。"

"他去哪儿摆摊了？"

"一般是去上野的广小路那边，但至于今晚具体去了哪里，我也不清楚。"

"一个多小时以前，你有没有听到什么奇怪的声音？"

"奇怪的声音？"

"还用说吗？当然是问你有没有听到女人被害时的叫喊声和打斗声……"

"这我倒没听到。"

与此同时，附近的居民和爱凑热闹的路人闻讯凑了上来，将旧书店围得水泄不通。当中，住在隔壁的足袋店①老板娘也证实了

———————

① 指售卖分趾布袜的店铺。

钟表店老板的说法，她也没有听到任何异常响动。

邻居们经过商议，决定派人前去寻找旧书店老板。

这时，门外传来了刹车声，一伙人迅速拥入店内。他们是接到警方紧急通报赶来的法院相关人员、碰巧同时抵达的K警署署长，以及在当地颇具威名的名侦探小林刑警等——当然，这些是我后来才知道的。因为我有个朋友是司法记者，他与负责这起事件的小林刑警有私交，我也是通过他才了解到这起案件的相关内幕。先抵达现场的司法主任向他们简要地说明了一下情况，我和明智也重复了一遍方才的陈述。

"把店门关上！"

突然，一名身穿黑色羊驼毛外套和白色裤子，看似基层员工的男子大声说着，迅速将门关上。他就是小林刑警。将看热闹的人群挡在门外后，小林刑警开始着手调查。他完全一副旁若无人的样子，丝毫不将检察官和署长等人放在眼里，全程我行我素。其余人则饶有兴致地欣赏起他敏捷的查案手法。他先检查了尸体，对死者脖子周围的检查尤为细致。

"这处拇指痕迹并没有什么特别之处，除了能断定凶手是用右手将死者掐死的，暂时没有发现其他任何线索。"

小林刑警看向检察官说道。接着他表示要脱下尸体的衣物，并以召开秘密会议为由，将我和明智赶到了外面的店面里。因此，我们并不清楚这期间究竟有何发现。不过，估计他们也注意到死者身上有很多伤痕吧，也就是咖啡馆女服务生先前议论的那个。

没过多久，秘密会议结束，但我们仍被禁止进入里屋，只能待在纸拉门前的榻榻米上，透过缝隙不时窥探里面的情况。所幸我们是案件的第一目击者，警方后续还需要采集明智的指纹，所以我们全程未被驱离现场。确切地说，是被变相扣留在了这里。不过，小林刑警的搜查范围不仅限于里屋，他把室内外所有区域都查了个遍。对于行动极度受限的我们来说，实在难以掌握他的搜查进度。但好在检察官一直待在里屋，每当刑警出入里屋，向检察官报告搜查结果时，我们都能一字不漏地听见。检察官也开始根据刑警的报告，着手整理案件概要。

警方先对尸体所在的里屋展开了细致调查，但并没有发现遗留物、脚印等可疑线索，除了某样东西。

"电灯开关上有指纹。"刑警在黑色橡胶开关上撒上某种白粉后说道，"考虑到案件发生的经过，关灯的肯定是凶手，刚刚是谁开的灯？"

明智回答是自己。

"是吗，那待会儿麻烦你过来采集一下指纹。别再让任何人触碰开关，直接拆下来带走吧。"

后来，刑警又去二楼调查了一番，下楼后立马跑去了屋外的小巷子里。过了约莫十分钟，他带回一个上身穿着满是污垢的绉纱衬衫，下身穿着卡其色裤子，大约四十岁的邋遢男子。

"没有找到有参考价值的脚印。"刑警报告道，"后门因为日晒时间较短，地面泥泞不堪，到处都是木屐印，实在难以分辨。倒是这个人，"他指了指刚带进来的男子说道，"他一直在后门巷子的拐角处卖冰激凌。那条巷子只有一个出口，如果犯人从后门逃走，必然会被他看到。喂，你再回答一遍我刚才的问题。"

以下是冰激凌摊主与刑警间的对话：

"今晚八点左右，你见过有人进出这条巷子吗？"

"没，一个人也没有。天黑之后，这条巷子别说是人了，连只猫都没见到。"冰激凌摊主颇得要领地答道，"我在这里摆摊有些时日了，到了晚上，连长屋的老板娘们都很少走这条巷子。这里路面不平，晚上漆黑一片。"

"你这儿的客人也没进过巷子吗？"

"没有，大家吃完冰激凌后，都原路返回了，这点我非常肯定。"

如果冰激凌摊主所言属实，那表示凶手从后门逃离后，并没有走作为唯一出口的小巷离开现场，也没有从正门离开，这点当时坐在对面咖啡馆的我和明智可以做证。那凶手究竟是如何离开案发现场的呢？小林刑警判断，凶手很可能藏在巷子两侧的长屋里，或者本就是这里的住户。当然，凶手也有可能是从二楼的屋顶逃走的。但警方调查二楼发现，窗户外的防盗铁格网完好无损。由于天气闷热，几乎每家的窗户都敞开着，甚至有人在晾衣物用的露台上乘凉。因此，凶手不太可能从二楼逃跑。

接着，搜查人员就后续的调查方向展开了讨论，最后决定分头对附近的住户进行盘问。旧书店周边的住户加起来一共十一户，调查难度不算太大。与此同时，搜查人员对旧书店再次展开了全面排查，上至天花板下至地板，任何一个角落都不放过。可结果不仅没有任何收获，反倒使案件更加疑云重重。因为在盘问的过程中，与旧书店间隔了一家店铺的点心店老板表示，从傍晚时分开始，他便一直坐在屋顶的露台上吹尺八①，而他所在的位置恰好能清楚地看到旧书店二楼的窗户。

各位读者，事件的发展变得越发有趣起来了。凶手究竟是从哪儿进入旧书店，又是从哪儿离开的呢？既不是走后门，也不是走二楼窗户，更不可能走前门。莫非凶手一开始就不存在？还是说他从人间蒸发了？匪夷所思的还不止这些。小林刑警把两名学生带到了检察官面前问话，但他们的回答更是离奇。两人是工业学校的学生，租住在旧书店后方的长屋内，看起来不像是满口谎言的人，但两人的陈述再次使案件陷入僵局。

对于检察官的提问，他们的回答大致如下：

"当时是八点钟左右，我刚好在这家旧书店里翻阅台案上的杂志。看着看着，里屋突然传来了奇怪的响声，我条件反射地朝纸拉门的方向看了看，当时门虽然关着，但格子缝是打开的，我透过缝隙看到有个男人站在门后。就在我抬头的那一瞬间，男人把格子缝给合上了。详细情况我也不清楚，但从腰带的样式来看，我敢断定那就是个男人。"

"除了对方的性别，你还注意到其他什么细节吗？比如身高、衣服花纹什么的？"

"我当时只看到对方腰部以下的位置，所以无法推断身高。但

①一种与箫十分相像的竹制乐器。

我记得他当时穿的是一件黑色和服，上面可能会有一些细条纹或图案，但我当时看到的是纯黑色和服。"

"我当时也在看书。"另一名学生说道，"然后也注意到了声响，我抬起头的时候，格子缝恰好合上。但我确定那个男人穿的是白色和服，上面没有任何条纹或图案，是一件纯白色和服。"

"这也太诡异了，你们肯定有人看错了吧？"

"绝对没错。"

"我也绝对没撒谎。"

两名学生看到的和服颜色竟然截然相反，这究竟是为什么？敏锐的读者想必已经有所察觉吧。其实我也注意到了这个疑点，但法院和警方没有深究。

过了没多久，死者的丈夫，也就是旧书店的老板闻讯赶回家中。不同于人们印象中的旧书店老板，他是个身形瘦弱的年轻男子。在看到妻子尸体的那一刻，或许是因为性格怯懦，他没敢哭出声，只是默默地流泪。小林刑警等旧书店老板恢复平静后才开始盘问，检察官也适时地补充提问。但令他们失望的是，老板对凶手的事情也毫无头绪。他只是哭着说："我敢保证，我们绝对没有做过任何与人结仇的事情！"后来，他对家中的物品进行了清点，确认没有失窃。与此同时，警方也调查了老板的过往及其妻子的身份等，但并没有发现什么疑点。由于当中的大部分对话与案件没有太大关联，这里姑且省略。最后刑警询问起死者身上伤痕的事情，老板在一番挣扎过后，终于承认是自己所为。警方试图进一步追问缘由，但他始终不肯正面回答。由于当晚他一直在外摆摊，即便那是虐待后留下的伤痕，他也没有杀人的嫌疑，因此警方没有再深入盘问。

就这样，当晚的调查暂且告一段落。刑警留了我们的地址、姓名等信息，还采集了明智的指纹。等我们返回家中时，已经过了凌晨一点。

若警方的调查没有任何遗漏，而证人也没有撒谎，那这起案件真的就陷入了僵局。后来，我听说小林刑警第二天又去了案发现场调查，但依旧没有任何进展，除了事发当晚掌握的情况，再无其他线索。所有证人的陈述都值得信任，十一户居民中也未发现可疑分子。警方还到被害者的老家调查，但依旧未发现任何疑点。至少名侦探小林刑警在经过全面调查后，最终只能给出"无解"的结论。后来我还听说，被小林刑警视作唯一证物从现场带走的那个开关，上面除了明智的指纹外，并没有发现其他人的指纹。兴许是明智当时太过慌张，导致留下太多指纹。刑警推断，可能是明智不小心把凶手的指纹给抹除了。

各位读者，读到这里，你会不会联想到爱伦·坡的《莫格街凶杀案》①或是柯南·道尔的《斑点带子》②呢？换句话说，大家会不会怀疑，这起杀人案的凶手或许不是人类，而是像猩猩或印度毒蛇

---

①美国作家埃德加·爱伦·坡于1841年发表的一部中篇推理小说。故事以母女二人离奇死亡为开端，讲述了侦探逻辑缜密的破案经过，被公认为是全世界最早出现的推理小说。

②英国著名侦探小说作家柯南·道尔所著的福尔摩斯探案的56个短篇故事之一。讲述了双胞胎姐姐离奇死亡，妹妹也屡次经历离奇事件，于是向福尔摩斯求助，最终抽丝剥茧，还原事件真相的故事。

之类的动物呢？其实我也有过类似的猜测。但仔细想想，东京的 D
坂不太可能存在这类生物，而且有证人提到透过格子缝看到了一个
男人的身影。退一步讲，即便是猿猴所为，也势必会留下作案痕迹
和目击信息。另外，死者脖子上的手指印也足以证明这是一场人为
凶杀案。若是被蛇类缠住致死，不可能留下这样的手指印。

总之，我和明智那天在回家途中，兴奋地聊了许多。在此列
举一段作为参考：

"你应该听说过巴黎 Rose Delacout 杀人案[①]吧？那起案件也是
爱伦·坡的《莫格街凶杀案》和卡斯顿·勒鲁的《黄色房间的秘
密》[②]的故事原型。虽然已经过了一百多年，但那起杀人案仍存在
许多未解开的谜团。今晚的事情让我联想到了这起案件，凶手同样
不留痕迹地从现场消失，就这点而言，你不觉得两者很相似吗？"

"是啊，真是太不可思议了。常听人说，日式建筑里不可能发
生国外侦探小说里写到的那种高难度犯罪，但我不这么认为。你
看，今天不就发生了吗？虽然不知道能不能做到，但我非常想查
清这起案件的真相！"

后来，我和明智在一条小巷前告别。但他转入巷子时，摇晃
着肩膀向前走去的身影，以及那件花哨的粗条纹浴衣始终在我的
脑中挥之不去。

---

①十九世纪初，发生在法国巴黎的一起凶杀案，一位名为 Rose Delacout 的年轻
女性被人用小刀杀死在自家床上，这起谋杀案始终未被破获。

②法国作家加斯东·勒鲁于1907年发布的推理小说。讲述了一位教授的女儿在
门窗紧锁的房内被杀，却不见凶手身影，最终由侦探抽丝剥茧，推理出真相的故
事。该书是推理史上第一部密室杀人长篇经典著作。

推理（下）

距案发大约十天后，我造访了明智小五郎的住处。至于这十天时间里，我与明智究竟做了哪些调查，进行了何种推理，又得出了何种结论，相信读者可以从我们当日的谈话中找到答案。

在此之前，我和明智一般只在咖啡馆碰面，直接前往他的住处还是头一回。由于事先打听好了地址，找起来不算费力。我站在一间符合目标特征的香烟铺前，询问老板娘明智是否在家。

"嗯，在的，请稍等一下，我这就去叫他。"

老板娘说着，转身走到身后不远的楼梯口处，朝楼上叫了几声。明智就住在这间香烟铺的二楼。听到老板娘的叫声，他用奇怪的语调应答了一声，踏着吱呀作响的楼梯走了下来。看到是我后，他惊讶地说："是你啊，快上来吧！"于是，我跟着他来到了二楼。就在我若无其事地踏入房间的那一刻，里面的景象把我吓了一跳。房间的布局实在太不寻常了。虽然我知道明智是个怪人，但眼前的光景远远超出了我的想象。

因为这个仅四张半榻榻米大小的房间几乎被书本塞满。墙边、纸拉门前全是堆积如山的书本，而且越往上空间越窄，直接堆到了天花板附近，只有中间露出一小块空地。里面没有任何生活用具，简直无法想象他是如何在里面休息的。更夸张的是，主客两人连落座的位置都没有。若是不小心撞到书墙，恐怕会瞬间淹没在书本的洪流中。

"房间地方太小，也没坐垫，真是抱歉啊，你找本软点的书垫着坐坐吧！"

我艰难地绕过书堆，勉强找到一处可以落座的地方。但我内心还未从方才的震惊中缓过神来，只是茫然地环顾四周。

对于这个怪异房间的主人明智小五郎，我有必要在此稍作介绍。其实我们刚认识不久，对于他的经历、谋生手段、人生目标等，我一概不知。唯一可以肯定的是，他是一个没有固定职业的游民。勉强算是个书生吧，但他又不同于普通的书生。他曾说"我研究的对象是人"。当时我并不理解这句话的含义，只知道他对犯罪和侦探有着非同寻常的兴趣与知识储备量。

明智与我年纪相仿，顶多二十五岁，体形偏瘦。正如前面介绍的那样，他走路时会不自觉地甩动肩膀，但并非那种豪杰式的走法，若非要打个比方，可以参考一下单手残疾的说书人神田伯龙的走路姿势。提到伯龙，明智从外貌到声音都与他十分相似。没见过伯龙的读者可以想象一下那种长相不算俊秀，但性格随和，头脑睿智的男性长相。不过，明智的头发更长，而且时常乱得像个鸡窝，跟人说话的时候，还会习惯性地拨弄那头蓬乱的头发。他对穿着不太讲究，时常穿一件棉质和服，搭配一条皱巴巴的兵儿带。

"你来得正好，自那以后，我们有段时间没见面了。D 坂街道的那个案子进展如何了？听说警方一直没能锁定凶手的身份？"

明智抓了抓那头乱发，眼睛直直地盯着我问道。

"其实我今天就是来跟你说这件事的。"我怀着复杂的心情开口说道。

"案发之后，我思考了很久。不仅如此，我还像侦探一样跑去现场调查了一番。最后，我得出了一个结论，今天我就是来告诉你结论的……"

"哦？那真是太厉害了，不妨跟我细说一下。"

细心的我注意到，一抹笃定而轻蔑的神色从他眼中闪过，交缠在内心的犹豫顿时消散，我鼓起勇气开始陈述自己的推理过程。

"我有个朋友是新闻记者，他跟负责这起案件的小林刑警私下有交情。我就是通过他了解到了警方的详细调查进度。据说他们迟迟未能确定调查方向，当然，他们一直在尝试各种方案，但始终没有进展。说到那个电灯开关，那玩意儿压根派不上用场，警方只在上面查到了你的指纹，他们认定是你把凶手的指纹给覆盖了。就这样，警方陷入了僵局。听到这个消息，我顿时兴致高涨。然后，你猜我得出了什么结论？还有，你知道我为什么没有直接告诉警察，而是先来找你谈吗？

"这个姑且不谈，从案发那日起，我就注意到了一件事情。你应该还记得吧？两名学生对嫌疑人所穿衣服的颜色给出了完全相反的说法，一个说是黑色，另一个说是白色。人的眼睛再不可靠，也不可能把两个完全相反的颜色看错，那样也未免太奇怪了吧？虽然不清楚警方是如何解释的，但我相信那两个学生没有撒谎。你明白我的意思吗？这表示凶手恰好穿了一件黑白相间的和服……或者穿了一件黑色粗条纹浴衣，就是旅馆里经常租借给客人用的那种浴衣……至于为何一个学生看到的是纯白色，另一个看到的却是纯黑色，是因为他们当时是透过格子缝看到的，而格子间的缝隙恰好与和服上的白色或黑色纹路重叠，这样就造成了视觉差，导致一人看到的是白色，另一人看到的却是黑色。虽是极其罕见的巧合，但并非不可能。从此次的案件情况来看，也只有这种解释了。

虽然弄清了凶手和服上的花纹，但也只能帮助缩小范围，依旧无法确定凶手身份。第二个论据就是电灯开关上的指纹。我在记者朋友的帮助下，委托小林刑警检查了一下开关上的指纹，也就是你的指纹，结果让我更加确信自己的推理是正确的。对了，你有砚台吗，能否借我一用？"

于是，我在他面前做了一个实验。我拿过砚台，在右手拇指上淡淡地涂一层墨，接着从怀中取出一张白纸，在上面按了一个指纹。等指纹干后，转动纸张方向，用同一根手指用力在原来的位置印上一个新的指纹。于是，两个交错重叠的指纹清晰地出现在了白纸上。

"警方认为是你的指纹覆盖了凶手的指纹，导致后者的指纹被抹除了。但实验证明那是不可能的。指纹是一种由线条构成的痕迹，不管多么用力，线条之间必定会留下上一个指纹的痕迹。但如果前后纹路一致，且按下的位置完全吻合，那两个指纹就有可能完全重叠在一起，或后面的指纹能够遮挡住前面的指纹。但这显然不现实，即便存在这种可能，也丝毫不影响我的结论。"

"但如果关灯的人就是凶手，那开关上一定会留下他的指纹。起初我怀疑警方没有注意到留在你指纹线条间的旧指纹信息，于是亲自检查了一遍，但并没有发现类似的痕迹。也就是说，那个开关上从始至终只有你一个人的指纹。至于为何没有旧书店一家人的指纹，我也不清楚当中的缘由。也许是因为房间的灯一直开着，从来没有关过吧。"

"你知道这些意味着什么吗？我是这么推理的：一个身穿粗条纹和服的男子——该男子与死去的女子多半是旧识，杀人动机可能是失恋——得知旧书店老板每晚会外出摆摊，于是趁此期间袭击女子。因为案发当晚没有明显声响，现场也没有任何抵抗的痕迹，这表明两人相互认识。达到目的后，男子为拖延尸体被发现的时间，打算关灯再离开。但他犯了一个致命的错误，他没有发现纸拉门的格子缝一直敞开着，等他发现并匆忙关上时，身影已被两名学生看到。男子逃离现场后，突然想起来自己关灯时，在开关上留下了指纹。他迫切地想抹除指纹，可用原来的方式潜入房间太过冒险。于是，他想到一个好主意，那就是将自己伪装成案件的第一目击者。如此一来，他就可以理所当然地触碰开关，消除警方对指纹的疑虑，毕竟谁也不会想到，第一目击者竟然就是凶手，可谓一石二鸟。接着，他若无其事地在一旁观察警方办案，甚至大胆做证。而结果也如他所料，五天、十天过后，依然没有人来逮捕他。"

不知明智小五郎是怀着怎样的心情听完我这番推理的呢？原

以为他会中途脸色大变或插嘴辩解。但令我感到诧异的是，他全程面无表情。虽说他平日是那种情绪不外露的人，可这会儿未免也太平静了，他只是像往常一样一边拨弄那头蓬乱的头发，一边安静地听着。这人是有多么厚颜无耻！我怀着感慨的心情陈述起最后一条论据。

"你或许会反问凶手是如何进入，又是如何逃离现场的对吧？的确，如果不弄清楚这点，即便解开了其他所有谜团，也无济于事。但很遗憾，这个谜团被我破解了。从那晚的搜查结果来看，现场没有留下任何凶手逃离的痕迹。但既然有人被杀，凶手就一定来过。所以，只可能是刑警忽略了什么重要线索。警方虽然也倾尽全力调查了此案，但很可惜，他们的才能甚至不及我一介书生。"

"其实在我看来，真相十分地无趣。警方已经调查得如此细致，周围邻居应该可以排除嫌疑。如此一来，凶手肯定是利用了一种不会被人发现，或即使被发现也不会引起怀疑的方式逃离了现场。也就是说，他利用了人们注意力的盲区——就像我们的眼睛存在视觉盲区一样，注意力也同样存在盲区——像魔术师一样，在众人眼皮底下将某样大型道具隐藏起来，让自己变成隐形人。于是，我注意到了与旧书店间隔了一间铺子的旭屋荞麦面店。"

旧书店的右边依次是钟表店和点心铺，左边依次是足袋店和荞麦面店。

"我去询问过店主，在案发当晚八点左右是否有男子借用过厕所。你知道那家荞麦面店吧，店里全是没有铺设木板的土间地面，可以直通后面的木门，木门旁边就是厕所。凶手完全可以假装借用厕所，从后门出去，溜进旧书店杀死老板娘后，再若无其事地返回。当时冰激凌摊主在巷子拐角处摆摊，自然不可能看到凶手。而且在荞麦面店借用厕所也是一件稀松平常的事情。我还听说，当晚旭屋的老板娘不在，只有老板一个人在店里，那晚对凶手来说简直是天赐良机。怎么样，这个设想是不是很精彩？"

"果不其然，那个时间段确实有客人借用过厕所。但遗憾的是，旭屋的老板完全记不起那个男子的长相和穿着，我立即通过记者朋友将这件事告诉了小林刑警，他也亲自去店里调查过，但还是没有任何收获——"

我故意停顿了一会儿，想等明智主动辩解。如果我是他，这时候一定会为自己说点什么。可谁知，他依然若无其事地拨弄着那头乱发，一副事不关己的样子。我只好放弃旁敲侧击的策略，改为正面出击。

"喂，明智，你懂我的意思吧？所有证据都指向你，现在铁证如山。老实说，我一点儿也不想怀疑你，可如今证据确凿，我也没有办法……我本来还抱有一线希望，想着或许那附近还有其他人穿着同样的粗条纹浴衣，但我跑遍了那一带也没有找到。想来也是，虽然同是粗条纹，但条纹粗到与纸拉门格子缝一致的夸张款式，估计没几个人能接受。而且，指纹的诡计，还有借用厕所的诡计，这些计策都十分高明，若非你这种犯罪专家，普通人怎可能想出如此周全的计划。另外，最奇怪的是，你明明跟死去的老板娘是旧识，当晚在调查老板娘身份的时候，你却只字未提。"

"好了，你最后可以狡辩的也只剩不在场证明了吧？但你并不能借此证明你自己的清白。你还记得吗？那晚一同回家的路上，我还问过你来白梅轩之前去了哪里。你告诉我说在附近晃荡了一个来钟头对吧？就算有人见过你散步，你也完全可以在散步途中借用荞麦面店的厕所。明智，我说得没错吧？怎么样？让我听听你的辩解吧？"

各位读者，你们觉得面对我此般犀利的质问，怪人明智小五郎会作何反应？他会羞愧地俯首认罪吗？但实际上，他的反应远远超出我的预期，甚至让我有些手足无措。因为，他竟放声大笑起来。

"啊，失敬失敬，我原本没想笑你的，但看你说得这么认真，一时间没忍住。"明智辩解似的说道，"你的分析十分有趣，能结交到你这样的朋友，我倍感荣幸。但可惜的是，你的推理过于浅显，而且非常粗糙。举个例子，关于我和老板娘的关系，我俩虽是旧识，但你深入调查过我们之间的关系吗？比如我们是否有过恋爱关系，我现在是否对她心怀怨恨？这些细节你都调查过吗？那天晚上，我为什么对我们的关系只字不提，理由很简单，因为我跟她不熟，无法向警方提供有价值的线索。我上小学之前就跟她分开了，直到最近才偶然得知她是我儿时的玩伴。说是玩伴，但也只交谈过两三次而已。"

"那指纹的事情要作何解释？"

"你以为我在案发后什么也没做吗？我也进行过很多调查，我几乎每天都在 D 坂附近晃悠。尤其是那家旧书店，我不知去了多少回。我时常缠着旧书店老板打听情况——直到我告诉他，我跟他的妻子是旧识，他才对我放松了警惕——就像你可以从记者朋友那了解到警方的调查进度一样，我也从旧书店老板那里打听到了不少相关信息。我没多久便得知了指纹的事情，我当时也觉得蹊跷，于是去调查了一番。哈哈……没想到结果这么好笑，电灯熄灭不过是因为钨丝断了，并非有人刻意关灯。我当时也误以为灯被人关了，于是慌忙扭动开关，其间不小心撞到灯泡，断开的钨丝重新接上，灯泡这才亮了起来。这就是为什么开关上只有我一人的指纹。当天晚上，你说透过纸拉门的缝隙看到里屋有灯。由此可见，钨丝是在那之后断开的。老旧灯泡突然熄灭是常有的事。接下来是关于凶手衣服颜色的问题，这个与其让我来解释……"

说到这里，他突然转到身后的书堆里翻找起来。不一会儿，他掏出了一本破旧的外文书。

"你读过这本书吗？这是闵斯特伯格①的《心理学与犯罪》，你读一下《错觉》这章开头的十行吧。"

听到他坚定而自信的辩驳，我逐渐意识到了自己的失败。于是听从他的建议，从他手中接过书本阅读了起来。该段内容大致如下：

曾经发生一起汽车犯罪事件。在法庭上，有两名证人

①闵斯特伯格（Hugo Münsterberg，1863—1916），生于德国东普鲁士。工业心理学的创始人，被称为"工业心理学之父"。

经宣誓后出庭做证。其中一人声称事发路段完全干燥，且尘土飞扬。另一个却笃定地说刚下过雨，事发路段泥泞不堪。一个说汽车当时正缓缓行驶，另一个却说从未见过车速如此快的汽车。除此之外，前者还说当时村道上只有两三人，后者却说当时路上有很多男女和小孩。这两名证人都是值得尊敬的绅士，而且扭曲事实对他们没有任何好处。

等我读完，明智继续翻动书页说道：

"这是真实发生的事情。接下来你读一读《证人的记忆》这一章。这一章讲的是一个事先计划好的实验，里面刚好提到了衣服颜色的问题，可能要花点时间，但还请你耐心看完！"

书中的内容大致如下：

（前略）举个例子。前年（本书出版于1911年）在哥廷根召开过一场由法律学家、心理学家、物理学家组成的学术研讨会。此次的与会者皆是具备出色观察力的学术大师。此时镇上正在如火如荼地举办狂欢庆典。就在学术研讨会进展得正激烈时，会场的门突然被撞开，一个身穿花哨服装的小丑惊慌失措地冲入会场。仔细一看，他身后还跟着一个手持手枪的黑人。他们来到大厅中央后，开始用恐吓的语言相互谩骂。过了一会儿，小丑不慎摔倒在地，黑人趁机扑到他身上。突然，枪声响起。两人逃也似的离开了现场。整个过程不到二十秒钟。毫无疑问，在场的人都被方才的场面吓到了。除了会议主席外，没有人知道黑人和小丑的剧情是事先安排好的，也没有人知道刚刚的场景全被相机记录了下来。接着，会议主席以后续可能需要上庭做证为由，不留痕迹地请求大家将事件的始末如实地记录下来。（中略，这段以百分比的方式呈现了在场人记录的错误程度。）四十个人当中，正确记录黑人头上没有戴任何东西的仅有四人，其余人有的写"戴着圆顶硬礼帽"，还有的写"戴着丝质大礼帽"，答案五花八门。关于衣服颜色，有人说是红色，有人说是褐色，有人说是条纹，有人说是咖啡色，等等，记录的颜色不尽相同。但实际上黑人只是穿着白裤子和黑上衣，外加一条红色粗领带而已。（后略）

"正如睿智的闵斯特伯格指出的那般。"明智说道，"人类的观察力和记忆力其实非常不可靠。连实验中这些观察力超群的学者都无法正确记住衣服的颜色，何况那两个学生。所以，案发当晚他们会看错衣服的颜色并不奇怪。我不清楚他们看到了什么人，但对方身上穿的肯定不是条纹和服。当然凶手也不是我。不过，能通过格子缝联想到条纹浴衣，这着眼点确实有趣。但你不觉得过于巧合了吗？与其相信低概率的巧合事件，不如相信我的清白来得更可靠。还有，借用荞麦面店厕所这个手法，我先前也考虑过，我原本也以为凶手除此之外别无他法。但经过实地调查，很遗憾地告诉你，我的结论与你完全相反，实际上并不存在借用厕所的男子。"

　　想必各位读者已经察觉到了，明智已经推翻了证人的证词、指纹的嫌疑以及犯人的逃跑路线，并试图证明自己的清白。可如此一来，不就等于推翻了犯罪本身吗？我完全不懂他究竟有何用意。

　　"那你找出谁是凶手了吗？"

　　"当然。"他再次拨弄着那头乱发回答道，"我的做法与你稍有不同。物证这玩意儿，用不同的诠释方式，会得出截然不同的结果。所以，最好的侦探方法是从心理角度洞穿人心。当然，这十分考验侦探的水平。总之，这次我将重点放在了心理层面上。"

　　"最初引起我注意的是旧书店老板娘身上的伤痕。后来我又意外得知，荞麦面店老板娘身上也有类似的伤痕。想必你也听说过吧？但她们的丈夫看起来完全不像是有暴力倾向的人。不管是旧书店老板还是荞麦面店老板，看起来都是敦厚老实、通情达理的人。所以我怀疑，他们的内心或许隐藏着某种不为人知的秘密。于是我先去找了旧书店老板，试图从他口中套出内情。由于我与他过世的妻子是旧识，他对我没有那么强的戒心，交谈起来相对轻松。于是，我顺利地打探出了一个意想不到的秘密。但荞麦面店老板就没那么简单了，他是个戒备心极强的人，为此我费了好大一番功夫，最终利用某种方法达成了目的。"

　　"如今心理学上的联想诊断法也开始运用于犯罪搜查领域，想必你也听说过吧？就是利用一些简单的刺激性词语来测试嫌疑人的联想程度。但不一定要像心理学家那样，用狗、家、河流等简单的刺激性词语，也不一定非得借助精密计时器来完成。重点在于掌握联想诊断法的精髓，而不是拘泥于形式。历史上有很多著名的法官或名侦探，他们生活的时代心理学并不发达，但他们却凭借自身的聪明才智，无意间实行了联想诊断法。大冈越前守[1]正是其中之一。以小说为例，在爱伦·坡的《莫格街凶杀案》中，文章一开始就提到，杜宾能通过朋友无意识的身体动作，解读出朋友内心的想法。柯南·道尔也曾模仿这种写作手法，在他创作的短篇小说《住院的病人》[2]中，福尔摩斯也进行过类似的推理。从某种意义来说，这些推理都属于联想诊断。心理学家所设置的那些测试标准，不过是为那些缺乏洞察力的普通人设计的。抱歉，似乎有些偏题了，总之，我正是利用这种联想诊断法，才套出了荞麦面店老板的秘密。我先跟他聊了一些无关紧要的话题，借此研究他的心理反应。这是一个精细、复杂的探索过程，详细情形改天再与你细说吧！总之，我最终得到了一个确信的答案，也就是说，我找到了真正的凶手。"

"但我没有任何物证，所以无法告知警方，即便我说了，他们也不会理会吧。而且我选择袖手旁观的理由还有一个——我认为这起案件不存在恶意。这么说可能有些难以理解，但这起杀人案是在犯人与被害者双方同意的前提下进行的。或者说，是被害者自己要求的。"

---

①大冈越前守，本名大冈忠相（1677年—1752年2月3日），是江户时代中期的幕臣、大名。

②柯南·道尔于1891年发表的福尔摩斯系列短篇小说。故事发生在一家医院，一名医生在陌生人的资助下挂牌行医，某天资助人惨遭谋杀，福尔摩斯受托推理出了案件的离奇真相。

　　我试着想象了很多种可能性，但仍然无法理解明智的意思。我暂时抛开失败带来的羞愧感，聚精会神地倾听起明智的离奇推理。

　　"先说结论吧，凶手就是旭屋的老板。他为了掩盖自身的罪行，谎称有男子借用过厕所。但他起初并没有打算这么说，是我们两个给了他灵感。我们先后跑去问他当晚是否有男子借用过厕所，于是他灵机一动，捏造出了这个人物。而且他还误以为我们是刑警。至于他为何杀人……这起案件让我明白了一个道理，许多看似平静的表面下，其实隐藏着许多不为人知的阴暗秘密，而这些秘密只存在于噩梦般的世界中。

　　"旭屋的老板是个萨德派①重度性虐待狂。或许真是造化弄人吧。他竟在与自家仅间隔一个店铺的邻居那里，发现了女版马索克②。没错，旧书店的老板娘是个与他不相上下的性受虐狂。两人利用隐晦的沟通方式，偷偷发展地下情……现在你应该能理解我为什么说这起杀人案是在双方同意的前提下进行的吧……他们原本靠着各自的配偶勉强满足自身的病态欲望，旧书店老板娘与'旭屋'老板娘身上的伤痕就是最好的佐证。但毫无疑问，这样并不能满足他们的欲望。因此，当他们发现自己苦苦寻觅的理想伴

---

　　①萨德，全名当拿迪安·阿尔风斯·法兰高斯·迪·萨德（Donatien Alphonse François, Marquis de Sade，1740年6月2日—1814年12月2日），法国贵族，著名的性虐待狂作家。代表作有《索多玛的一百二十天》。

　　②马索克，全名利奥波德·范·萨克－马索克（Leopold Ritter von Sacher-Masoch，1836年1月27日—1895年3月9日），奥地利作家，十九世纪欧洲的受虐狂人。"受虐狂"一词即来源于他的名字。

侣就近在咫尺时，两人很快便一拍即合。但命运开了个天大的玩笑。在双方默契的配合下，两人之间的尝试越发疯狂。终于，在那天晚上，发生了意想不到的惨剧……"

听完明智这段离奇的结论，我不由得打了个寒战。这是何等荒唐的案件啊！

恰在此时，楼下香烟铺的老板娘送来晚报。明智接过报纸，当即阅读起了社会版面。随后，他叹了口气说："哎，看来他终于承受不住良心的折磨，去自首了。说来也真是巧，竟然在谈论此事时看到这篇报道。"

我顺势看向他指向的位置。上面印着一行不起眼的标题以及十行左右的报道，刊登着荞麦面店老板自首的消息。

两分铜币

TONG

LIANG

FEN

BI

上

"真羡慕那个窃贼啊。"当时，我们两个已经穷困潦倒到说出这种话来。

位于市井偏僻地段的简陋木屐店二楼，仅六榻榻米大小的房间内寒酸地摆放着两张破旧的漆面木桌。我和松村武整日待在里面，无所事事地幻想一些不切实际的事情。

当时的我们已经到了山穷水尽、走投无路的地步，听闻轰动一时的盗窃案时，竟不由得羡慕起窃贼巧妙的作案手法。

由于那起盗窃案与本故事的主线存在莫大的关联，我决定在此稍作介绍。

那是芝区某大型电机工厂发生的事情。当天正值员工发薪日，十几名工资统计员正根据近一万张员工考勤单，计算着每个员工当月的薪资。旁边放着满满一皮箱刚从银行取出的钞票。就在统计员们汗流浃背地往堆积如山的薪资袋里塞入相应金额的钞票时，一名绅士打扮的男子来到了办公楼门口。

负责接待的女子询问其来意时，他答说是朝日新闻社的记者，想见见经理。于是女子拿着印有"东京朝日新闻社会部记者"头衔的名片，向经理报告了此事。

所幸这位经理熟知应对新闻记者的方法。不仅如此，他认为对新闻记者漫天吹嘘，并将自己的话作为"某某氏的谈话"刊登在报纸上虽是一件十分幼稚的行为，但也并不令人讨厌。于是，自称社会部记者的男子被爽快地请进了经理办公室。

这名男子戴着一副大大的玳瑁框眼镜，留着一撮精致的小胡须，身穿干练的黑色晨礼服，手提时尚的折叠皮包，泰然自若地坐到了经理面前的椅子上。接着他从烟盒中抽出一根昂贵的埃及卷烟，拿起桌面烟灰缸上的火柴，熟练地点燃。随后，一股青烟"呼"地被吹到了经理的鼻尖下。

"我想请教一下，您对员工待遇有何看法？"

男子摆出新闻记者特有的傲慢架势，用率真而亲切的口吻开启了谈话。

于是，经理就劳工问题，围绕劳资协调、温情主义等话题高谈阔论起来。这些内容与本故事无关，姑且略过。在经理办公室待了约莫三十分钟后，这位新闻记者竟趁着经理中断谈话，前去洗手间的间隙，直接不告而别。

经理只觉得这人不懂礼数，倒也没有多想。当时正值午餐时间，他径直来到了食堂。正当他惬意地享用着从附近西餐厅送来的牛排时，会计主任突然脸色煞白地冲到他面前报告：

"给员工发薪水的钱不见了！被偷了！"

经理大为震惊，连忙丢下午餐，赶到失窃现场查看情况。可以想象，这起突如其来的盗窃案件大致情况如下：

当天，工厂的办公楼正在翻修，平时门窗紧闭、监管严格的工资统计室暂时无法使用，领导决定将经理办公室隔壁的会客室改为临时的薪资统计室。但不知哪个环节出了差错，午休期间会客室空无一人。事务员们以为安排好了值班人手，一窝蜂地跑去了食堂。那个装有成捆钞票的皮箱孤零零地被晾在大门敞开的会客室长达半小时。肯定是有人趁此期间潜入会客室，偷走了那笔巨款。但窃贼没动薪资袋里的钞票和零钞，只拿走了皮箱里成捆的二十日元和十日元的钞票，金额高达五万日元（相当于现在的两千万日元）。

经过一番调查，方才到访的那名新闻记者最为可疑。打电话到社里一问，果然查无此人。于是厂方连忙报警。可薪资不能延迟发放，厂方只好委托银行再准备一批二十日元和十日元的钞票。工厂上下乱成了一锅粥。

那个自称新闻记者，忽悠和善的经理高谈阔论的男子，正是当时报社大肆渲染的著名窃贼——"绅士大盗"。

辖区警局的司法主任等人前来查看了现场，但并未发现任何线索。对方既然连名片都提前备好，自然不是等闲之辈，更不会留下什么物证。目前唯一清楚的就是：留在经理记忆中的那名男子的长相。可样貌这东西并不可靠，服装可以随意更换，连经理提供的玳瑁框眼镜、胡须等线索，也可能只是窃贼常用的乔装道具，根本无法作为指认犯人的证据。

无奈之下，警方只好漫无目的地展开调查，向附近的车夫、香烟铺的老板娘、路边摊贩等挨个询问是否见过类似长相的男子。若回答有，则继续追问该男子的后续行踪。市内各派出所也都收到了嫌犯的画像。明明已经布下了如此密集的警戒网，却还是一无所获。一天、两天、三天……所有手段都用尽了。车站也安排了人手进行排查，甚至还向各府县的警局发送了求助电报。

转眼一周过去了，窃贼依然逍遥法外。警方也已经陷入了绝望，只能盼着窃贼下次因其他罪行失手落网。工厂办公室对警方的办案进度十分不满，每日致电警局询问情况。局长也为此事伤透了脑筋。

在这种几近绝望的状况下，该警局的一名刑警仍不厌其烦地挨户走访市内的香烟铺。

当时，市内出售各式进口烟草的香烟铺在各区多则几十家，少则十几家。这名刑警几乎走了个遍。如今只剩下靠近山区的牛込和四谷区内尚未走访。

如果今天跑完这两个区还是没有任何收获，那就只能放弃了。刑警抱着确认彩票中奖号码般亦喜亦忧的心情，朝着目的地赶去。他偶尔会在警局前停下，向巡警打听香烟铺的地址，接着又继续赶路。当时的他满脑子都是"FIGARO、FIGARO、FIGARO"——这款埃及进口香烟的名字。

他决定去牛込区神乐坂的某间香烟铺看看情况。就在他从饭田桥电车站赶往神乐坂下的途中，他突然在某家旅馆前停下了脚步。因为那家旅馆前兼作下水道盖子的花岗岩石板上躺着一根烟蒂，不细心的人几乎很难发现，而且那正是他四处寻找的那款埃及进口香烟。

于是，刑警循着烟蒂这条线索继续深入调查，最终成功抓获了轰动一时的绅士大盗。通过一根烟蒂成功逮捕窃贼的过程，颇有几分侦探小说的味道，因此当时某报社以连载的方式大肆报道了那位刑警的事迹，我的此番叙述也是基于那些报道整理而成，但为了节省篇幅，只能简要地一笔带过，真是遗憾。

想必读者们也能想象得到，那名令人敬佩的刑警从窃贼留在工厂经理办公室的一根稀有品牌的烟蒂入手，几乎跑遍各区所有的香烟铺。虽是埃及进口货，但销量并不理想，卖出过 FIGARO 香烟的店铺屈指可数，店铺老板清楚地记得每个顾客的身份，并没有发现任何可疑目标。

可到了最后一天，正如前面提到的那样，他偶然在饭田桥附近的一家旅馆前发现了相同牌子的烟蒂。其实他不过是抱着试试的心态去旅馆打听了一番，谁知竟成为逮捕犯人的契机。

但过程依然几经波折。比如入住那家旅馆的烟蒂主人与工厂经理描述的窃贼长相完全不同。警方费了好大工夫才从男子房间的火盆底下找到了乔装用的眼镜、胡须等，最终证据确凿，传说中的绅士大盗终于落网。

根据窃贼后来在审讯时提供的供词，案发当天——当然，他早就得知那天是工厂的发薪日——他趁经理离开办公室的间隙，偷偷溜进隔壁的临时薪资统计室，拿到那笔巨款后，立即从折叠皮包中取出风衣和鸭舌帽，再将钞票放入包中，接着取下眼镜和胡须，在礼服外套上风衣，用鸭舌帽代替原来的西式礼帽，若无其事地从另一个出入口离开了现场。令人不解的是，他是如何在不引人注目的情况下，将多达五万日元的小额纸钞带离工厂大楼的呢？对于这个问题，绅士大盗咧起嘴，得意地回道：

"干我们这行的，浑身上下都是口袋。不信的话，可以去检查一下被你们没收的那件晨礼服。表面看只是一件普通的礼服，但实际就像魔术师的道具一样，里面缝满了口袋，藏区区五万日元现金根本不在话下。有中国魔术师甚至把装有水的大陶碗藏在身上呢。"

若这起盗窃案就此完结，那未免太过无趣。实际上，这起案件还有一段异于普通案件的后续，而且跟本故事的主线存在莫大的关联。

这名绅士大盗坚决不肯供出五万日元的藏匿地点，即便警局、检察院、法院用尽各种方法轮番审问，也依然一无所获。最后他甚至扯谎说一星期就把钱给花光了。

警方只能动用侦查的力量，全力搜寻那笔钱的下落。可一番折腾下来，什么也没找到。而那名绅士大盗也因藏匿五万日元巨款，被判处了盗窃中最重的刑罚。

最苦恼的还是那家失窃的工厂。因为相比抓到犯人，他们更想找回那五万日元。虽然警方并未停止寻找，但似乎办事兴致不高。无奈之下，作为工厂负责人的经理发布悬赏声明：谁要能帮忙找回那笔钱，就奖励该笔钱款的十分之一，也就是五千日元作为报酬。

下面我要说的，是盗窃案发展到这个阶段后，我与松村武之间发生的有趣故事。

中

正如开头提到的那样，当时我和松村武正住在偏僻木屐店二楼六榻榻米大的小房间里，已经到了走投无路、穷困潦倒的地步。

在这种窘迫的境况下，勉强还算走运的是，当时正值春季。这是只有穷人才知道的一个秘密——从冬末到夏初这段时间，穷人可以大赚一笔。不，确切地说，只是感觉赚到了而已。因为这时候不需要用到外套和秋衣。拮据的时候，还可以把寝具、火盆等拿去当铺变卖。多亏了这个季节，我们总算不用担心明天该如何过活、月底该如何凑齐房租，姑且可以松口气了。于是，我们久违地去了趟澡堂，后来又理了发。上饭馆的时候还点了份生鱼片，外加一盅酒。要知道我们平日都只能吃味噌汤和咸菜。

某天，我刚惬意地从澡堂回来，在破烂不堪、几欲散架的漆面木桌前坐下，方才独自一人待在房间的松村武突然兴奋地问道：

"喂，我桌上的两分铜币是你放的吧？你从哪里弄来的？"

"对，是我放的，那是刚刚买烟时找的零钱呀。"

"哪个香烟铺找的？"

"饭馆隔壁那家，一个老太婆开的，生意不太好的样子。"

"哦，这样啊。"

说完，松村莫名地陷入了沉思。过了一会儿，他又执拗地询问起两分铜币的事情。

"你买烟的时候，身边还有其他顾客吗？"

"应该没有吧。对，肯定没有。因为当时香烟铺的老太婆正在打盹。"

听完我的回答，松村似乎放下心来。

"不过，那间香烟铺除了老太婆，还有其他什么人吗？这个你还记得吗？"

"我跟那个老太婆关系不错。虽然她总是板着一副臭脸，但跟我这个怪人还算聊得来。所以我很清楚那间香烟铺的情况。除了老太婆，店里只有一个比老太婆脾气还臭的老头。不过，你打听这些做什么？"

"没什么，我就是想了解一下情况。既然你跟他们很熟，能不能再跟我说说那间店铺的事情。"

"嗯，好啊。老头跟老太婆有个女儿，我见过一两次，长得还不错。听说嫁给了一个监狱送货员。听老太婆说，送货员收入不错，经常拿钱孝敬他们，所以这间冷清的香烟铺才能勉强支撑到现在……"

我开始说起香烟铺的情况，可主动要求我告知详情的松村似乎并不感兴趣。他不耐烦地站起身，开始在狭小的房间内来回踱步，犹如被关在动物园里的黑熊。

我俩平日都是不拘小节的人，谈话期间突然起身并不是什么稀奇事，但松村今天的态度有些奇怪，所以我一直没敢出声。他就这样在房间来回走了大约三十分钟。而我只能在一旁愣愣地观望。这幅光景若是被旁人看见，一定会觉得我俩疯了吧。

渐渐地，我肚子也饿了。当时恰好是晚饭时间，刚泡完澡的我更是饥肠辘辘。于是我询问正在来回打转的松村是否要一起去饭馆，可他却回答说："抱歉，你一个人去吧。"无奈之下，我只好一个人去了饭馆。

等我吃饱回来，却惊讶地发现，松村竟叫来了一名按摩师。那是我们以前就认识的一个盲哑学校的年轻学徒。他正一面给松村揉肩，一面与他聊得热火朝天。

"喂，你可别以为我是在浪费钱，这是有原因的。总之，你先别说话，在一旁看着，到时你就会明白了。"

为避免遭到我的责骂，松村抢先开口说道。昨天我们好不容易说服当铺的老板，用近乎强抢的方式换来了二十日元，结果这笔共有资产就这样无端地被浪费了六十钱，使用寿命瞬间缩短。在这种特殊时期，这无疑是巨大的浪费。

看到松村这一连串不寻常的举动，我突然萌生了一股莫名的好奇心。于是，我坐到自己的桌子前，假装阅读从旧书店买来的话本，暗中偷偷关注松村的举动。

按摩师前脚刚离开，松村立刻坐到他的桌子前，开始研究起一张纸片上的内容。接着，他从怀里取出另一张纸片，放到了桌上。那是一张两寸见方的薄纸片，上面布满了密密麻麻的小字。他似乎在仔细地对比两张纸片，并用铅笔在报纸空白处反复擦写着什么。

天色渐暗，路灯亮了起来，卖豆腐的喇叭声从门前掠过，路上赶庙会的行人络绎不绝。等行人少了，接着便传来中餐面馆凄凉的唢呐声。不知不觉间，夜已经深了。但松村仍废寝忘食地专注于手里不明所以的工作。我默不作声地铺好床，一头倒到床上，百无聊赖地重新翻看起话本。

"喂，你有没有东京的地图？"松村突然扭头问道。

"我怎么可能有这东西。你可以去问问楼下的老板娘。"

"嗯，也对。"

他随即起身，踩着咯吱作响的梯子下到一楼。不一会儿，他便借来了一张折叠处已经磨碎裂开的东京地图，再次坐到桌前，继续闷头研究。我怀着越发浓烈的好奇心，盯着他这般古怪的举动。

楼下的时钟敲了九下。松村的神秘研究似乎终于告一段落。他从桌前起身，来到我的枕边，难以启齿似的说道：

"喂，你能不能给我十日元。"

对于松村这一连串莫名其妙的举动，我越发感兴趣起来。至于当中的原因，暂时不便向读者揭晓。总之，我毫不犹豫地给了他十日元巨款，要知道，当时这可是我们全部财产的一半。

松村从我手中接过十日元纸币，立刻套上自己的旧夹衣，戴上鸭舌帽，一言不发地离开了房间。独留我一人漫无边际地揣测着松村的用意。

就在我胡思乱想，暗自发笑的时候，我不知不觉间进入了梦乡。其间我隐约感觉到松村回来了，但除此之外什么都不知道，一觉睡到了大天亮。

上午十点左右，贪睡的我刚睁开惺忪的睡眼，就被枕边站着的怪人吓了一跳。那人身穿条纹和服，腰间扎着男士角带，身披藏青色前褂，肩上背着一个大包袱，笔直地站在我跟前。

"你这是什么表情，是我呀。"

令我吃惊的是，男子的声音与松村如出一辙。我仔细一瞧，才发现他就是松村。突然换了身装束，我一时间没反应过来。

"你这是在做什么？干吗背着个包袱？还打扮成这个样子，我还以为是哪家铺子的掌柜呢。"

"嘘！嘘！你声音太大了。"松村连忙做出压低音调的手势，小声说道，"我带了一件不错的礼物回来。"

"你一大早去哪儿了？"

见他神秘兮兮的样子，我也下意识地压低了声音。松村带着难以抑制的得意笑容，凑到我耳边，用比方才更低、似有似无的声音说道：

"跟你说啊，我这包袱里装着五万日元钞票呢。"

下

想必读者已经猜到了，松村武把那个绅士大盗藏匿的五万日元给找出来了。如果现在还给电机工厂，可以得到五千日元的悬赏金。但松村并不打算这么做，他的理由是：

如实地把这笔钱还回去是愚蠢且危险的做法。毕竟专业刑警花了一个月都没能找到这笔钱款，就算我们全部据为己有，又有谁会怀疑我们？对我们来说，五万日元显然比五千日元更划算。

而且，绅士大盗说不定会实施报复，这才是最可怕的。一旦得知自己不惜延长刑期保住的这笔钱被人拿走，那个在做坏事方面堪称天才的家伙势必不会放过我们——松村的话语间充满了对大盗的敬畏——连保持沉默都存在一定的危险。若是把这笔钱送回失主手里，赚取那五千日元赏金，松村武的名字很快就会出现在报纸上，这不就等同于告诉那家伙，你的仇人就在这里吗？

"至少现在，我赢了那个家伙。没错，我战胜了那个天才窃贼！能得到五万日元当然值得高兴，但我更喜欢这种胜利的快感。我真是太聪明了，至少你得承认，我比你聪明多了。引导我发现这笔巨款的，是你昨天买烟回来丢在桌上的两分铜币。你没有注意当中的蹊跷之处，而我注意到了。而且，我仅凭那枚两分铜币，便找到了这笔五万日元的巨款！喂，那可是两分的两百五十万倍，足足五万日元啊。你知道这意味着什么吗？这至少说明我比你聪明。"

两个姑且算是知识分子的青年合住在一间房里，会较量谁更聪明也在情理之中。我和松村闲来无事的时候，经常为此争论不休。聊到兴头上的时候，通宵达旦都不足为怪。我和松村总是互不相让，坚持说自己更聪明。所以，松村想利用这次的功绩——确实是天大的功绩——来证明我们之间究竟谁更聪明。

"知道了，知道了，别炫耀了，还是说说你是怎么找到这笔钱的吧！"

"别急啊，不如先想想要怎么花这五万日元吧。不过，为了满足你的好奇心，先简单地讲讲我是怎么发现的吧。"

表面说是为了满足我的好奇心，实际不过是为了满足他自己的虚荣心。总之，他缓缓道出了自己苦心推敲的经过。我则安静地躺在被窝里，望着他扬扬得意的表情，倾听着他的讲述。

"昨天你去澡堂后，我无聊地把玩起那枚铜币，玩着玩着，突然发现铜币边缘有一条缝隙。我觉得有点奇怪，仔细检查了一下，结果发现那枚铜币被分成了两半。你看，就是这个。"

说着，他从桌子抽屉里拿出了那枚两分铜币，像拧转药膏容器似的，将铜币分成了两半。

"看见没，中间是空心的。这是一种用铜币做成的容器。你看，做工多么精致啊，乍看之下跟普通的两分铜币没什么两样。发现这件事情后，我突然想起一件事情。我早前听说存在一种越狱犯用的锯子，那是一种用怀表发条做成的小型软锯，一般放在用两枚铜币磨薄后合在一起制成的容器中。据说只要有了这个，再坚固的牢房栅栏，都能轻松锯断，然后趁机越狱。据说这原本是外国窃贼常用的工具。这枚两分铜币应该是出于某种意外，不慎流通到了市面上。而且奇怪的不止这点。相比这枚两分铜币，我更关心的是里面隐藏的这张纸片。你看，就是这个。"

正是昨晚松村研究了一晚上的那张薄纸片。这张两寸见方的日本纸上，用细小的字体密密麻麻地写着以下内容：

陀、无弥佛、南无弥佛、阿陀佛、弥、无阿弥陀、无陀、弥、无弥陀佛、无陀、陀、南无陀佛、南无佛、陀、无阿弥陀、无陀、南佛、南陀、无弥、无阿弥陀佛、弥、南阿陀、无阿弥、南陀佛、南阿弥陀、阿陀、南弥、南无弥佛、无阿弥陀、南无弥陀、南弥、南无弥佛、无阿弥陀、南无陀、南无阿、阿陀佛、无阿弥、南阿、南阿佛、陀、南阿陀、南无、无弥佛、南弥佛、阿弥、弥、无弥陀佛、无陀、南无阿弥陀、阿陀佛

"简直就跟和尚说梦话似的，你能看出来是什么吗？起初我以为是谁乱写的。也许是某个窃贼为了悔过自新，才特意抄写了这么多'南无阿弥陀佛'，并藏进了装软锯用的铜币容器里。可若真是如此，也没必要写这么多个'南无阿弥陀佛'啊。而且里面没一句是完整的，有些缺一两个字，有些甚至缺了四五个字。直觉

告诉我，这绝对不是胡乱抄写的。"

"就在这时候，门外传来了你从澡堂回来的脚步声，我连忙把铜币和纸片藏了起来。我也不知道为什么要这么做，兴许是想独占这个秘密，等把一切都弄清楚后，好在你面前炫耀一番吧。可就在你上楼的时候，我的脑中突然闪过某个人的身影，就是之前提到过的那个绅士大盗。虽然不清楚那五万日元的具体藏匿位置，可他总不可能把钱一直放在原地，直到刑满出狱吧？那家伙肯定有手下或者搭档替他保管那笔钱。可如果他被捕的时候太突然，没来得及把五万日元的藏匿地点告知同伙的话，会怎么样呢？从他当时的处境来看，只能趁着案件还未判决，被关押在拘留所的那段时间，想办法与同伙取得联系。如果这张来历不明的纸片就是他们之间的通信工具……"

"这个想法从我的脑中闪过。当然，这只是一种猜想，而且是有点儿不切实际的猜想。于是，我向你打听起两分铜币的事情。结果你告诉我，香烟铺的女儿嫁给了一个监狱送货员。被拘留的窃贼要想与外界取得联系，通过送货员是最简单有效的方式。可阴差阳错之下，那枚铜币留在了送货员手里，后来又被他老婆拿到了娘家。只可能是这样吧？于是我全神贯注地研究起了纸片上的文字。"

"如果这张纸片上看似毫无意义的文字代表着某种密码，那破解密码的关键是什么？我在房间里来回踱步，苦苦思索。要破解这些密码非常有难度，因为通篇只有"南无阿弥陀佛"这六个字，外加一种标点符号。这七种符号究竟可以组成怎样的语句呢？"

"对于密码这东西，我曾经也略有研究。虽不及福尔摩斯，但我好歹也懂得一百六十种左右的密码呢。于是，我将掌握的密码在脑中逐一回忆了一遍，从中筛选出与纸片内容相似的那个，这一步花费了很长时间。我记得你当时还邀请我一起去吃饭对吧？我当即拒绝了你，继续拼命地思考，最终发现了两种与之相似的密码。一种是培根①发明的双字母密码，这种密码可以用 A 和 B 这两个字母拼凑出任何内容。例如，如果想表达"fly"这个词，就可以写成"AABAB，AABBA，ABABA"。另一种是查尔斯一世时期，广泛运用于政治机密文件的密码，主要用数字列代替字母。打个比方——"

松村拿起一张纸片在桌角摊开，写出了如下内容：

A	B	C	D ……
1111	1112	1121	1211 ……

"换句话说，就是用 1111 代替字母 A，用 1112 代替字母 B。我推测纸片上的文字很可能跟这些例子一样，通过把'南无阿弥陀佛'这几个字进行不同的组合，来指代相应的五十音文字。至于破解方法，如果内容是英语、法语或德语，那只要像爱伦·坡的《金甲虫》②那样，找到关键的"e"就行了。可伤脑筋的是，那

———————

①弗朗西斯·培根（1561—1626），英国的散文家、哲学家，"双字母密码"的发明者。

②《金甲虫》（*The Gold-Bug*）是美国作家埃德加·爱伦·坡创作的中篇小说，故事以"密码"作为主要线索，讲述了主人公通过缜密分析，找到海盗宝藏所在地的故事。

玩意儿显然是日语。为慎重起见，我尝试了一下爱伦·坡式解密法，可压根行不通。我顿时失去了方向。六字组合、六字组合……我在心里反复念叨着，再次在房间里打起转来。六字这点一定存在着某种暗示，可究竟是什么呢？我开始绞尽脑汁思考由六个字组成的词语。"

"就在我漫无目的地搜寻与'六字组合'相关的线索时，我突然想起来，某话本里曾提到过真田幸村的'六连钱①'。按理来说，这跟密码并没有什么关联，可不知为何，我的口中一直反复念叨着'六连钱'。突然，我灵机一动，脑中快速地闪过某样东西——'六连钱'缩小后的盲人点字图样！我忍不住大喊了一声'妙'！毕竟这可是事关五万日元的巨款。于是，我赶忙叫来了按摩师，向他请教点字的基本知识。"

说着，松村从桌子抽屉里取出一张纸片，上面写满了点字版的五十音、浊音符、半浊音符、拗音符、促音符、长音符、数字等。

"先把'南无阿弥陀佛'这六个字从左往右排成三行两列，这样就会变成点字的排列。将'南无阿弥陀佛'的每个字与点对应的话，点字的'ア（A）'就相当于'南'，'イ（I）'就相当于'南无'，以此类推。这是我昨晚破解密码的结果。第一行把'南无阿弥陀佛'这六个字按照点字的方式排成了两排，第二行是与

———————

① 六连钱指将六枚铜钱两两排成三列的纹样，是日本战国时期北信浓大名真田氏的家纹。

之对应的点字，第三行是破译出来的答案。"

说着，松村又取出一张纸片。

陀	弥无佛	南无佛	弥陀佛	陀无佛	弥陀	弥陀无佛	无陀	弥陀	弥陀无佛	无陀	南陀佛	南无佛	陀无佛	弥陀无	无陀	南佛	弥陀无佛	无陀	南陀无	南陀无	无陀	弥陀无佛	弥无	南陀佛	弥陀	无陀	南陀	南无陀	弥无陀
浊音符	ゴ	ケ	ン	チ	ヨ		ー	シ	ョ		ー	浊音符		ジ	キ		ド		ー	カ	ラ	オ	モ	チ	ャ	ノ		サ	ッ

陀阿	南弥	南无佛	南无佛	弥陀无	南陀无	南陀无	南弥	南弥无佛	无陀无	南无佛		陀佛	弥陀无	南阿		陀阿	南陀无	弥无	南无佛	南阿		弥陀	南无佛	无陀无	南弥无陀	陀阿佛
ジ	ウ	ケ	ト	レ	ウ	ケ	ト	リ	ニ	ン	ノ	ナ	ハ	浊音符	ダ	イ	コ	ク	ヤ	シ	ョ	ー	テ	ン

"答案翻译过来就是'前去五轩町正直堂领取玩具钞票领取人名为大黑屋商店'。意思很清楚，可为什么要去领玩具钞票？我再次陷入了沉思。但这个谜题很轻松就解开了。我着实佩服那个绅士大盗聪明、机警的头脑，还有小说家般的智慧。你瞧，'玩具钞票'这招是不是很妙？"

"我是这么猜想的，而幸运的是，我全都猜中了。绅士大盗为求稳妥，事先找好了一处最适合藏匿赃款的安全地点。世上最安全的隐藏方式就是不藏。采取暴露在公众的眼皮底下，任何人都难以察觉的藏匿方式才是最安全的。那个聪慧过人的窃贼也十分清楚这一点，于是才想出了玩具纸币这一巧妙的诡计。我猜，正直堂应该就是生产玩具钞票的印刷厂——这也被我猜中了——那家伙以黑屋商店的名义事先订购了一批玩具纸币。"

"先前听谁说，最近社交圈流行一种足以以假乱真的玩具钞票。啊，对了，是你某次无意间提起的。最近那些风流雅士喜欢买一些逼真的玩具，类似惊吓盒、黏土点心、水果、假蛇之类的，用来吓唬女孩，借此取乐。所以，即便那个绅士大盗订购了一批与真钞尺寸一致的玩具钞票，也不会引起怀疑。做好准备后，那家伙巧妙地盗走真钞，再潜入印刷店，将玩具钞票调包。如此一来，在订购者前来取货前，这笔五万日元的巨款会被当成玩具钞票，安全地存放在印刷厂的仓库里。"

"这只是我的猜想，但也有可能成为现实。不管怎样，我决定去碰碰运气。我先在地图上找到了五轩町，那地方就在神田区。就在我准备去取玩具钞票的时候，一个新的难题横在了我面前——我不能让人看到我的真实长相。若是被人发现，那个作恶多端的窃贼究竟会如何报复呢？胆小怕事的我光是想想就觉得后背发凉。总之，要尽可能地掩盖我原本的面目。所以，我才乔装打扮成了这副模样。我花了十日元从头到脚换了身行头。你看，这主意不错吧。"

说着，松村咧开嘴，露出了他整齐的门牙。其实我方才就注意到，松村的嘴里有什么东西在发光。他得意地用指尖取出金牙，递到我面前。

"这是我在夜市买的一颗镀金假牙，反正就是套在牙齿上的假货，我花了二十钱就买到了，不过你可别小看这铁皮玩意儿，它的用处可大了。金牙这东西特别惹眼，回头要是有人想追查我的下落，肯定会把金牙作为首要排查特征吧。准备就绪后，今天一大早我便出发前往五轩町。我唯一担心的是那批玩具假钞的货款。

不过，窃贼为了避免货物被转卖，肯定会提前支付定金吧？但如果还没支付，那至少得要二三十日元，我们可拿不出那么多钱。但我也顾不了那么多，抱着'随机应变'的心态直接出门了。果然，印刷厂对钱的事只字未提，二话不说便把货给了我。就这样，我顺利地冒领到了那五万日元……好，接下来该聊聊用途了。怎么样？你有什么好主意吗？"

难得看到松村如此亢奋，并且如此善谈。五万日元的力量着实令人惊叹。前文没有过多形容，松村在叙述这段曲折的经历时，喜形于色的模样十分滑稽。他极力想掩盖脸上的笑意，但无论怎么努力，都没办法抑制从内心深处涌出的难以言喻的得意笑容。松村边说着边露出奸笑，那种难以形容、近似发狂的笑容，令我莫名地感到恐惧。早前便听说过有穷人因中了千万彩票而发疯的故事。因此，松村会为了五万日元高兴到发狂也在情理之中。

希望他这份喜悦能永久存续下去吧。我在心中暗暗为他祈祷。

但我必须要告诉他一个残酷的事实。我无法自控地大笑起来，尽管我极力地在心底制止自己，恶作剧的小恶魔却不肯罢休，无休止地撩拨着我。我就像看了什么滑稽剧目一般，夸张地放声大笑起来。

松村目瞪口呆地看着捧腹大笑的我，接着用看怪物般的表情问道：

"喂，你这是怎么了？"

我勉强忍住笑意回道：

"你的想象力真是丰富啊！这么难的谜题都被你给破解了。往后我一定会加倍欣赏你的聪明才智。如你所言，论头脑我显然不是你的对手。但你真的相信现实有这么美好吗？"

松村没有说话，只是用怪异的表情盯着我。

"换句话说，你真以为那个绅士大盗有那么聪明吗？不可否认，你的想象力作为小说题材确实无可挑剔，但社会可比小说残酷多了。如果要单纯讨论小说情节的话，那我想提醒你一点：那个谜题有没有可能存在第二种破解方法，比如隔八个字跳读？"

说着，我在松村的密码译文上标上了圆点符号，得出的结果翻译过来却是"开玩笑的"。

"开玩笑的？你知道这句话是什么意思吗？喂，这只是巧合吧？肯定是某人的恶作剧吧？"

松村默不作声地站起来，将装有五万日元钞票的包袱放到我的面前。

"那这笔钱你怎么解释？小说可不会凭空变出五万日元来。"

他的声音里夹杂着决斗时才有的较真。我顿时感到害怕起来，不禁为自己一时兴起的恶作剧感到后悔。

"我做了一件很对不起你的事情，请原谅我！难得你那么谨慎地把五万日元拿了回来，但那些其实都是玩具钞票。不信的话，你可以打开看看。"

松村像是盲人摸物一般，哆嗦着伸出手——看到这一幕，我愈加自责起来——花了好长时间才把包袱打开。里面有两个用报纸精心包好的四方形包裹，其中一个报纸已被撕开，露出了里面的钞票。

"我在回来的途中亲自打开检查过的。"

松村用近似哽咽的声音说完，当即将报纸全部撕开。

里面露出两捆做工逼真的假钞。虽乍看之下难辨真伪，但仔细观察会发现，那些钞票的表面清楚地印刷着"团"，而并非"圆"。上面并非二十圆、十圆，而是二十团、十团。

松村有些难以接受，反复确认起来。渐渐地，他脸上的笑容完全消失，最后只剩下无尽的沉默。我感到无比愧疚，极力向他解释，那是我策划的一场过分的恶作剧。但松村早已听不进去，一整天像个哑巴似的沉默不语。

到这里，这个故事已经讲完了。但为了满足读者们的好奇心，我必须要对自己的恶作剧稍加说明。

正直堂印刷厂其实是我一个远房亲戚经营的工厂。某天，我走投无路之下，想起了那个多次借钱未还的亲戚，心想着或许还能再借到点钱。于是，我厚着脸皮久违地拜访了那位亲戚——当然，松村对此毫不知情——如预料的那样，借钱的事情以失败告终。但当时我无意间看到店里正在印制一批做工逼真的玩具钞票，而且还听说这是多年合作的老客户"大黑屋"订购的货品。

于是我把这个发现与我们每日提及的绅士大盗联系在一起，抱着看好戏的心态，策划了这场无聊的恶作剧。因为我也和松村一样，平日爱搜寻各种证据，以证明自己的头脑远比他聪明。

那篇生硬的密文也是我胡乱编造的。但我不像松村那样精通外国密码史，当时也不过是一时兴起。香烟铺的女儿嫁给监狱送货员这事也是我瞎编的。事实上，连他们是否有女儿我都不确定。但整场恶作剧中，我最担心的不是这些戏剧化的桥段，而是另一个难以把控、极具不确定性的现实因素。那就是：我看到的那批玩具钞票是否会安然无恙地存放在工厂，直至松村前去冒领。

玩具钞票的费用我倒是丝毫不担心。因为我亲戚与大黑屋之间一向是先取货后结账。而且更让我放心的是，正直堂做生意不拘小节，就算松村没有出示大黑屋老板的提货单，也不至于空手而归。

最后，关于被视为诡计出发点的两分铜币，很遗憾，我无法在此详细说明。因为我担心万一叙述不当，日后会给赠送我铜币的人带来不必要的麻烦。各位读者不妨认为我是偶然得到的吧。

人间椅子

REN

JIAN

ZI

每天上午十点多钟，佳子照常目送丈夫出门上班后，便会惬意地钻进自家那间夫妻共用的书房里。最近她正在为 K 杂志的夏季增刊创作一部长篇作品。

她是一位长相清秀的美女作家，近期名声大噪，人们几乎已经忘记她还有一个在外务省担任书记的丈夫。她每天都会收到许多陌生崇拜者的来信。

今早，佳子照例坐到了书房的办公桌前。她习惯在开始工作前，先抽空阅读陌生读者的来信。

虽然当中大多是些老套、无聊的内容，但不管是怎样的信件，温柔善良的她都会打开来耐心读完。

她先从内容简短的开始，看完两封信和一张明信片后，最后剩下一个像是装有厚厚书稿的信封。可她近期并没有收到什么通知信件，不过像这种不打招呼便将手稿寄来的情况也并不少见。很多时候都是一些冗长无趣的内容，但她想着起码要打开来看一看标题。于是她撕开信封，从中取出一沓信纸。

果不其然，纸上清晰地标注着"文稿用纸"四个大字。可不知为何，上面既没有标题，也没有署名，只是突兀地以"夫人"

二字作为开头。真是奇怪，莫非这只是一封普通的读者来信？带着疑惑，她快速地浏览了两三行。顷刻间，一种难以言喻的不适感涌上心头。但在好奇心的驱使下，她还是继续读了下去。

夫人：

我是个与您素未谋面的男人，如此唐突地给您寄信，多有冒昧，还请见谅。

接下来，我决定向您坦白我曾经犯下的扭曲罪行，若当中的故事给您造成惊吓，还请多多包涵。

这几个月来，我完全从这世间消失，过起了恶魔般的生活。当然，这偌大的世界，没有一个人知晓我的所作所为。但如果什么都没发生，或许我会沉迷其中，永远告别人间。

但最近我的心态发生了不可思议的变化，这迫使我为之前的行为深感忏悔。正如我前面提到的那样，接下来的内容可能会让您感到难以置信，但还请您耐心地将此信读完。这样您才会明白我为何会产生心态的转变，以及我决定向您坦白罪行的原因。

那么，先从哪里写起呢？毕竟这是一段脱离常识、古怪离奇的经历，模仿世人用写信的方式讲述多少有些难为情，也不知该如何下笔。但再怎么苦恼也无济于事，总之，我决定按照顺序，先从故事的起因说起。

我天生相貌丑陋。这点请务必记住。否则，若您出于善意，答应与我见面，我怕您在毫无心理准备的情况下，被我因长期过着不正常的生活而变得愈加不堪入目的丑陋相貌所吓倒，那样我会深感内疚。

我天生命运多舛，虽然相貌丑陋，内心却燃烧着不为人知的炽热激情。我时常会忘记"自己不过是个相貌丑陋、穷困潦倒的工匠"的现实，浑然不觉地沉浸在美好、奢侈的"梦境"里。

假使我出生在一个富裕家庭，我或许可以借助金钱的力量，沉迷各种娱乐，以缓解丑陋带来的自卑感。又或是我拥有更多艺术天赋，那样我可以利用动人的诗歌让自己忘记人间的无趣。但不幸的是，二者我都没有。我注定只是个家具工匠家的可怜孩子，只能靠祖传手艺谋生，日复一日地过着平淡如水的生活。

我是一个专做椅子的工匠，不管是多么挑剔的客人，我都可以做出让他满意的椅子。因此商会也对我格外照顾，会专门给我派一些相对高档的订单。这些订单要么对靠背、扶手的雕花有严格要求，要么对坐垫的软度和各部位的尺寸等有独特的偏好。要想做出完全符合要求的椅子，当中付出的艰辛是常人难以想象的。但相对地，完工时带来的喜悦感也是其他事物所无法比拟的。那种感觉就好比一个艺术家完成了一件伟大的杰作。

每做完一把椅子，我都会先自己坐上去感受一下舒适度。在平淡乏味的工匠生活中，唯有此时才能让我感受到一种难以言喻的成就感。而且我还会想象到时坐上椅子的会是怎样的贵人或美人。能订购如此高档的椅子，家里肯定也有与之相配的豪华房间吧？墙上肯定挂着价值不菲的名人油画，天花板上垂着镶有名贵宝石的水晶吊灯，地上铺着昂贵的地毯，椅子前的餐桌上还摆放着香气宜人、争相绽放的西洋花草。每每沉浸在此等美好的幻想中，我都会产生"自己是这个豪华房间的主人"的错觉。虽然只是短短的一瞬，但那种感觉无比美好。

我虚无的幻想在平淡的表面下无止境地增长。穷困、丑陋、身为区区一介工匠的我，在幻想的世界里可以化身为高傲的贵公子，坐在我亲手打造的豪华椅子上。身旁站着时常在梦中出现的美丽恋人，面带微笑地倾听着我的话语。不仅如此，我还可以幻想与她手牵着手，低声互诉爱意。

但我那些充满梦幻气息的美好梦境，时常会被隔壁老板娘刺耳的说话声以及附近病童歇斯底里的哭喊声所打断，丑陋的现实再次让我看清自己丑陋的躯体。回归现实的我，不过是一个可悲而丑陋的工匠，与梦中的贵公子有着天壤之别。方才对我微笑的美人呢……那些美好的事物早已不见踪影。连那个衣着寒酸、浑身布满脏污的保姆都不屑多看我一眼。唯有我做好的那把椅子孤零零地立在那里，宛若梦境的残影。但终有一天，这把椅子也会抛下我，去往一个截然不同的世界。

因此，每当做好一把椅子，我都会产生一种莫名的寂寥感。那是一种难以言喻、无比煎熬的心情。久而久之，我再也无法忍受。

"与其继续过着这种蝼蚁般的生活，不如直接死了的好。"我开始萌生轻生的念头。不管是在敲凿子、锤钉子，抑或是搅拌刺鼻涂料的时候，我都会近乎执拗地思考这个问题。"但是，等等，既然连死的决心都有，那肯定还有别的办法可以尝试，比如……"就这样，我的想法逐渐往可怕的方向发展。

恰在那时，我接到了一个制作大尺寸真皮扶手椅的订单，可我从未做过这种椅子。据说这把椅子打算放在 Y 市的一家外国人经营的宾馆里。那家宾馆老板本打算从自己的国家进口，但与我合作的商会极力举荐，表示日本工匠也能做出毫不逊色的高级皮椅，几经波折才总算拿下了这笔订单。因此，我也在制作上倾注了更多的心血。为了制作这把皮椅，我几乎已经到了废寝忘食、忘乎所以的地步。

当我看着做好的椅子，我的内心升起一股前所未有的满足感。做工精致到连我自己看了都惊讶不已。按照惯例，我将四把椅子中的一把搬到光线较好的木板房内，惬意地坐了上去。那种感觉舒服极了！坐垫不软不硬，表面的鞣皮没有经过任何染色处理，直接保留了原有的灰色。靠背的倾斜度恰到好处，能很好地支撑住人的背部。高高拱起的扶手线条精致而流畅。一切都是那么的协调，"舒适"一词仿佛有了形状。

我将整个身子陷入皮椅，怜爱地抚摸着圆润的扶手，忘我地沉迷其中。不一会儿，我又习惯性地开始幻想，无数梦幻画面带着彩虹般的绚丽色彩争相涌至脑海。这就是幻觉吗？内心所想的东西无比清晰地浮现至眼前，这让我感到有些恐惧，甚至开始怀疑自己是不是疯了。

突然，我的脑中闪过一个妙计。或许这就叫"恶魔的私语"吧。这想法如梦境般荒诞无稽，令人毛骨悚然。但这种恐惧感化作难以言喻的魅力，不住地引诱着我。

起初，我只是单纯地不想与我费尽心思制作的皮椅分开，如果可以的话，我愿意跟着它去往任何地方。就在我漫无目的地展开幻想的时候，不知不觉间，一个可怕的念头在我脑中发酵成型。而我也不知脑子哪里出了问题，竟然决定实施这个无比诡异的想法。

我慌忙将自认为最完美的那把椅子拆得七零八落，然后根据计划的需要对其进行改造。

那是一把体积庞大的扶手椅，座位部分完全被鞣皮覆盖，底部快要贴近地面。靠背、扶手部分也做得很厚，椅子内部为中空结构，空间极大，即便藏进去一个人，也绝对不会被发现。当然，椅子有结实的框架，另外还安装了许多弹簧，但只要对这部分进行适度的改造，预留出坐垫下的空间，再让人按照椅子的形状坐进去，就能不留痕迹地藏身其中。

这些可是我的拿手绝活，我很快便完成了改造，而且增加了许多细节。比如为了方便呼吸和偷听外界的声音，我在鞣皮上留下了不易被人察觉的缝隙。为便于放置水壶和压缩饼干，我在靠背头部侧面的位置安装了一个小型置物架。另外还备有大型橡胶袋，以备不时之需……我已经把可能遇到的问题全部解决，只要有足够的食物，即便在里面待上两三天，也丝毫不会感到不便。那把椅子俨然成了一个单人房间。

我脱到只剩一件衬衫，打开椅子底部的盖子，三两下便钻了进去。那种感觉十分奇妙，就像进入了一处黑漆漆的、令人窒息的坟墓。但仔细想想，这跟坟墓也没什么区别。钻进椅子后，我就像披了件隐身斗篷，彻底从人间蒸发。

不久后，商会派人开着大货车来取椅子。我那个毫不知情的徒弟（我们两个住在一起）出面接待了他们。装车的时候，其中一个搬运工还抱怨一句"这椅子怎么这么重"，吓得我心里一颤。但好在扶手椅本身就重，他们并没有起疑心。不一会儿，货车启动了，我连着座椅一起在货车上颠簸着，那种感觉十分奇妙。

整个途中我十分担忧，但好在一切顺利，当天下午我便连着椅子一起被搬进了宾馆的一个房间里。后来我才知道，那并非私人房间，而是一个类似休息室的地方，专门供住客等人、看报、吸烟等，每天有不同的人出入于此。

想必您已经猜到了吧？没错，我这番怪异举措的首要目的就是趁没人的时候钻出椅子，在宾馆内四处转悠，并伺机行窃。谁能想到椅子里藏着一个大活人呢？我可以像影子一样毫无顾忌地将房间挨个洗劫一通，等他们发现并慌忙求助的时候，我早已躲回椅子内部，屏息凝神地欣赏他们愚蠢的搜索。您听说过"寄居蟹"吗？就是一种生活在海边，长得很像蜘蛛的动物，没人的时候它们会肆无忌惮地到处爬行，可一旦听到脚步声，哪怕十分轻微，它们都会仓促地逃进贝壳里。然后伸出令人作呕的毛绒前腿，小心翼翼地窥探敌人的动静。我就是那只寄居蟹，我所藏身的椅子就相当于贝壳，而我肆意横行的宾馆就相当于海滩。

这项计划实在太过古怪，常人根本无法想到，所以最终顺利得以施行。抵达宾馆的第三天，我便肆无忌惮地大干了一笔。盗窃时那种既恐惧又兴奋的心情，得手时那种难以言喻的兴奋感，以及人们在我眼皮底下慌张地喊着"跑去这边了""跑去那边了"时的滑稽感。这一切都充满了不可思议的魅力，让我倍感愉悦。

但遗憾的是，这里无暇赘述。因为我发现了另一个奇妙的乐趣，它带来的快乐是偷窃的十倍甚至二十倍。我写这封信的真正目的，就是向您坦白这件事。

一切还得从椅子被放进宾馆休息室说起。

椅子刚搬来那会儿，宾馆的住客们争相前来体验。后

来便无人问津，四周也听不到任何声响。可能休息室里没
人了吧。但刚到宾馆就钻出来，那种感觉实在害怕，我可
没那个胆。于是，很长一段时间（或许只是错觉）我都在
仔细关注周围的动静，生怕错过了什么。

过了一会儿，走廊方向似乎传来一阵沉闷的脚步声。
等走到离椅子六七米远的时候，因为房间地面铺着地毯，
脚步声小到几乎快听不见。不一会儿，耳边传来一阵男人
粗重的呼吸声。还没等我从惊讶中缓过神来，一具西方人
的巨大身躯坐到了我的腿上，还微微弹了两三下。我的大
腿和那个男人健硕的臀部仅隔着一层薄薄的鞣皮，我甚至
能感受到他的体温。那人将宽大的肩膀倚靠在我胸前，结
实有力的双手隔着鞣皮与我的手相重叠。男人似乎在抽雪
茄，一股浓重的男性气息透过皮革缝隙飘了进来。

夫人，你站在我的角度试着想象一下，就能知道那种
感觉有多么奇妙了。因为太过恐惧，我在黑暗中小心地蜷
缩着身子，腋下直冒冷汗，大脑也停止了思考，整个人僵
硬地愣在那里。

男人走开后，那天陆续有不同的人坐到了我的腿上，
谁也没有意识到椅子里竟藏着一个大活人，也没有注意到
他们自认为柔软的坐垫，其实是我有血有肉的大腿。漆黑
一片、无法动弹的椅中世界，它是多么奇妙而充满魅力。
在那里我感受到的并非平日随处可见的人类，而是另一种
截然不同的怪异生物。他们只不过是由说话声、呼吸声、

脚步声、衣服的摩擦声以及富有弹性的肉块组成。即便不清楚相貌，我也可以通过触感去区分每一个人。比如有的人浑身堆满脂肪，像一盘腐烂了的下酒菜。相反，有的人瘦骨嶙峋，如同一副骨架子。此外，像脊椎的弯曲度、肩胛骨的状态、胳膊的长短、大腿的粗细、尾椎骨的长短等，若从综合的角度考虑，无论是身形多么相似的两个人，都一定存在不同的地方。除了长相和指纹，通过身体的触感也能对人进行识别。

这一点对异性同样适用。我们通常会通过相貌去评判异性，但在椅子的世界里，外貌无关紧要，因为这里只关注赤裸的肉体、声音与气味。

夫人，希望您不要反感我接下来的描述。我在那里疯狂迷恋上了一位女性的肉体（那是第一个坐到这把椅子上的女性）。

从声音来判断，那应该是一个涉世未深的外国少女。恰好当时休息室没人，她像是遇到了什么开心事一般，一边小声哼着奇怪的歌，一边蹦跳着走了进来。就在我好奇她是不是走到了我跟前时，一具丰满柔软的肉体突然坐到了我身上。接着，像是发生了什么趣事一般，她突然哈哈大笑起来，同时挥舞着手脚，如同一条在网中翻滚扭动的鱼。

在接下来的半个小时里，她坐在我的腿上，时不时地一边唱歌一边跟着歌曲的节拍扭动身子。

一切都超出了我的想象，对我来说，这绝对算得上是一起惊天动地的大事件。毕竟在我以往的认知里，女人是一种神圣，不，是一种可怕的生物，我甚至都不敢看她们的脸。而现在我却与一名不知来自哪国的少女共处一室，甚至同坐在一张椅子上。我们之间仅隔着一层薄薄的鞣皮，亲密到能感觉到彼此肌肤的温度。即便如此，她没有任何不安，依然随性地将整个身子倚靠在我身上，旁若无人地摆出各种放松姿势。我可以在椅子里假装拥抱她，或者隔着鞣皮亲吻她丰盈的后颈。此刻的我可以肆无忌惮地做任何事情。

自从发现了这个意料之外的乐趣，我无暇再去实施偷窃，整日沉浸在不可思议的触感世界里。我甚至会想，或许椅中的世界才是我该去的地方。像我这种丑陋、懦弱的男人，在光明的世界里只能自卑地过着低声下气、悲惨苍白的生活。但如果换成椅子的世界，只要能忍住身体上的局限，我便能靠近那些美人，倾听她们的声音，触摸她们的肌肤。毕竟在光明的世界里，我岂止不敢与她们搭话，甚至连靠近的资格都没有。

椅子里的爱情究竟有着怎样不可思议的魅力呢？没有体验过椅子世界的人，恐怕难以理解。但那只是建立在触觉、听觉及部分嗅觉上的恋爱，是黑暗世界里的爱情，现实世界绝对不可能存在。这不正是恶魔之国的爱欲吗？若是如此，那世间那些不为人知的角落究竟在上演何等诡异、恐怖事件？简直难以想象。

当然，按照最初的计划，只要完成盗窃的目的，我就要立马逃离宾馆。但当时的我完全沉浸在扭曲的喜悦中，别说逃走了，我甚至恨不得永远住在椅子里，让那种生活永远持续下去。

我晚上爬出椅子时十分谨慎，尽量不发出声音，避免被人发现，所以期间没遇到过什么危险。不过，能在椅子里生活数月不被人发现，连我都觉得惊讶。

我几乎整天待在狭小的椅子世界里，弯曲手脚，久而久之身体变得僵硬，完全直不起来。最后我只能像残疾人一样爬着往返于卫生间和厨房。我究竟是哪根神经搭错了线？即便承受着此等痛苦，也不愿放弃那不可思议的触感世界。

其中也有人将宾馆当成住所，连续住上一两个月。但这里毕竟是宾馆，每天有形形色色的人出入。因此，我迷恋的对象也随着时间的推移不断发生改变，这点我自己也无可奈何。至于如何记住那些奇妙的恋人，我并非通过容貌，更多是通过身体特征将她们刻印在心底。

比如，有的像小马驹一样精悍，身体修长而紧致。有的像蛇一般妖娆，喜欢在我怀里肆意地扭动。有的像皮球一般丰盈而富有弹性。还有的宛若希腊雕像，身形健硕，肌肉发达……每个女人的身体都具有各自的特点与魅力。

在我不断更换恋爱对象期间，我又有了一段异于往常的奇妙经历。

有一次，欧洲某个强国的大使（通过偷听日本男服务生闲聊得知的）将他庞大的身躯坐到了我的腿上。相比政治家，他更是一位世界闻名的诗人。因此，触摸这位伟人的肌肤让我无比兴奋，并且倍感自豪。他坐在我腿上，与两三个本国人交谈了十来分钟便离开了。当然，我完全听不懂他们在讲什么。但每当他做手势的时候，比常人更温暖的肉体会跟着轻轻晃动，那种酥痒的触感给我带来了难以名状的刺激感。

当时，我突发奇想，如果我从皮椅后伸出一把锋利的匕首，朝他的心脏用力捅上一刀，后果会如何呢？毫无疑问，这样肯定会造成致命伤害，他也不可能再次醒来。且不说其他国家，这件事在日本政界会掀起多大的风浪呢？报纸又会刊登怎样的精彩报道呢？这事势必会影响到日本与该国的外交关系，而且从艺术的角度来看，他的死对世界也是一大损失。自己一个小小的举动，竟然能引发如此大的骚乱。想到这里，我不由得得意起来。

还有一次，某国的著名女舞蹈家来日本时，恰好住在这家宾馆。她虽然只在这把椅子上坐过一次，却让我体会到了与大使相似的感觉。此外，她还让我领略到了前所未有的理想肉体之美。我完全沉浸在这份美感中，不带丝毫邪念，就像是对待一件精美的艺术品那般，虔诚地予以赞美。

除此之外，我还有许多罕见、怪异、扭曲的经历。但我写这封信并不是为了分享这些经历，前面的铺垫已经十分冗长，接下来赶快回归正题吧。

来到宾馆几个月后，我的人生迎来了一次变故——宾馆老板因为有事回国，将宾馆连同设施一起转让给了一家日本公司。这家公司放弃了以往的高档定位，将宾馆改为了一家普通旅馆，以谋求更丰厚的利润。因此，多余的家具全都被拿去拍卖，包括我藏身的那把椅子。

得知此事后，我一度非常失望。想着不如趁此机会重回人间，重新开始生活。当时我也偷到了许多钱，即便回到人间，也无须再过从前那种穷酸的日子。但我转念一想，离开外国人的宾馆虽然让人失望，但这也意味着我有了一个新的希望。因为在宾馆的这几个月里，虽然我迷恋过多名女性的肉体，但对方全都是外国人。不管她们的肉体如何完美，如何令人满意，我都无法从精神上获得满足。在我看来，日本人就应该找日本人，否则很难体会到真正的恋爱。我的思想逐渐发生了变化。当时恰逢我那把椅子要被拿去拍卖。这次说不定会被日本人买走，然后被摆在日本人的家里——这就是我的新希望。所以我决定继续在椅子里生活一段时间。

被放在古董店门口的前两三天，我感觉十分煎熬。但好在拍卖一开始，椅子便很快成交。因为这把椅子做工精致，虽然看起来旧了一些，但依然引人注目。

买家是一位官员，住在离 Y 市不远的一座大城市里。他们用一辆颠簸的卡车把椅子从古董店送到了买家的住处。短短几公里的距离，我在椅子里体验到了死一般的痛苦。但与买家是日本人的喜悦相比，这点痛苦不值一提。

买家的住所是一栋气派的洋房，我的椅子被放在了一间宽敞的书房内。令我满意的是，虽然这是男主人的书房，但大多是年轻漂亮的夫人在使用。自那以后的一个月时间里，我每日陪着夫人，除了吃饭、睡觉的时间，夫人那柔软的身体几乎一直贴在我身上。因为夫人最近在书房潜心创作一部作品。

至于我对她的爱意有多深，这里无须赘述。她是我在椅子里接触到的第一个日本人，而且拥有无比迷人的肉体。我在她身上初次体会到了真正的爱情。相比之下，宾馆里的种种经历，根本不能称之为爱情。因为我唯独对她无法满足于偷偷的爱抚，甚至千方百计想让她知道我的存在。我此前从未有过这种想法，或许这就是"真爱"的证明吧。

如果可以的话，我希望夫人能意识到椅子中我的存在，并自私地希望夫人也能爱上我。可我要如何向她传达爱意呢？若是直接告诉她椅子里有人，她势必会惊慌失措，并立即将此事告知丈夫和用人。这样一来，不仅一切努力付诸东流，我还要背上可怕的罪名，受到法律的制裁。

于是，我努力让夫人感受到椅子的舒适，让她对椅子产生依恋。作为艺术家，她必然有着超出常人的感知能力。

如果她能从我的椅子上感受到生命，将椅子当成一个生命体去依赖，那我就心满意足了。

当她坐到我身上时，我会尽可能温柔地迎接她。当她疲惫地躺在我身上时，我会不留痕迹地挪动膝盖，帮她调整姿势。然后趁她意识迷离，快要睡着的时候，轻轻晃动膝盖，把椅子当成摇篮。

不知是我的努力得到了回报，还是单纯地出现了错觉，最近夫人好像喜欢上了我的椅子，她会像婴儿在母亲的怀里或是少女回应恋人的拥抱般，轻轻地将身体坐在我的椅子上。连她在我膝盖上挪动的样子，都显得无比亲切。

就这样，我的热情之火日渐旺盛。终于，啊，夫人，我不自量力地萌生了一个贪婪的想法。我常想，要是能看一眼我的恋人，与她说上几句话，那么我便死而无憾了。

夫人，想必您早已猜到了吧？没错，我所说的恋人就是您，请原谅我如此无礼的称呼方式。自从您丈夫在Y市那家古董店买下我的椅子，我就成了暗中疯狂迷恋您的可悲男子。

夫人，这是我今生唯一的愿望。您能否见我一次？然后，能否对我这个可悲的丑陋男子说上一两句宽慰的话？我绝对没有其他任何奢求。虽然我知道提出这种要求已经足够丑陋和肮脏。但还请您满足我这个不幸男子的恳求吧。

昨晚，为了写这封信，我偷偷溜出了您家。毕竟当着夫人的面提出这种请求十分危险，而我也没那个勇气。在你读这封信的时候，因担忧而面色苍白的我正在您家附近徘徊。

　　如果你肯答应我这个无礼的请求，请将手帕挂在书房窗户的瞿麦盆栽上。看到暗号后，我会装成访客的样子，若无其事地来到您家门口。

最后，这封怪信以真挚的祝福收尾。

佳子刚看到一半，便被心头涌起的可怕预感吓得脸色煞白。

接着，她下意识地起身，飞也似的逃离放有让人毛骨悚然的扶手椅的书房，跑进了日式起居室里。她本想索性不读后半部分，直接撕碎扔掉，但她还是有些在意，于是在起居室的小书桌前继续读了起来。

果然如她预想的那般。

每天坐着的扶手椅里竟然藏着一个陌生男人，这实在是太可怕了！

"啊，真是太恶心了！"

她像是从身后被人泼了一盆冷水，后背感到一阵恶寒，身体也止不住地颤抖。

突如其来的冲击令她大脑一片空白。她完全不知道该如何处理。要去查看一下椅子吗？为什么会有这种恶心的事情？椅子里即便没有人，也肯定会留下食物和他的污秽吧。

"夫人，您的信。"

佳子惊愕地回过头，只见女佣拿着一封刚收到的信件。

佳子下意识地接过信件，正想打开，突然瞥见信封上的字迹，吓得差点将信扔在了地上。因为信封上的字迹，与方才看的那封信里的如出一辙。

要不要打开这封信呢？佳子犹豫了许久，最终她还是鼓起勇气把信打开，惴惴不安地读了起来。来信虽然很短，但怪异的内容再次给她带来了惊吓。

唐突地给您寄信，多有冒犯，还请见谅。我是您的一个书迷，素日十分喜爱阅读您的作品。先前向您寄送了一部鄙人的拙作，若您能在百忙之中抽空垂阅，并予以点评，我将感到不胜荣幸。出于某种原因，原稿比这封信更先寄出，想必您已经读完了吧？不知您有何看法？若拙作能给您带来些许触动，我将感到不胜欣慰。

原稿中特意省去了标题，我打算将其命名为"人间椅子"。

多有冒犯，还望海涵。谨此。

红色房间

FANG

JIAN

HONG

SE

为追求非同寻常的刺激感，七个古板无趣的男子（我也是其中之一）特意聚集在一间事先装饰好的"红色房间"里。几人将身体陷入深红色的天鹅绒扶手椅里，迫不及待地等着今晚的主讲人为大家奉上精彩离奇的故事。

七人的中央摆放着一张被深红色天鹅绒桌布覆盖的大圆桌，桌上放着三个精美的复古雕花烛台，上面插着三根粗壮的红色蜡烛，幽暗的烛火在空气中静静地摇曳着。

房间四周挂着厚重的鲜红色帷幔，连门和窗户也被遮得严严实实。帷幔从天花板垂至地面，叠出层层褶皱。朦胧的烛光宛若从静脉流出的鲜血，将我们七人扭曲的巨大黑影投射到灰暗的帷幔表面。这些黑影随着摇曳的烛火时长时短地蠕动着，如同几只盘踞在帷幕上的巨大昆虫。

置身于熟悉的红色房间里，我突然有种像是坐在巨大生物心脏里的错觉。我甚至能听到它的心脏以与巨大身躯相符的节奏缓慢、有力地跳动着。

在场没有人说话。透过烛光，我下意识地观察起对面置身于黑红暗影中的模糊面孔，他们像是戴着面具一般，脸上毫无表情。

片刻之后，作为今晚主讲人的新会员 T 氏摆正坐姿，双眼一动不动地盯着烛火，开始了今晚的讲述。在阴影的衬托下，那人的下巴如同一副枯骨，每张合一次便会发出嘎达嘎达的声响，如同一具装有诡异机关的活人偶。

以下是 T 讲述的故事内容。

我自认为自己是个正常人，周围人也这么认为，但我不确定自己是否真的正常。也许我是个疯子，即便没到这种程度，那也可能是个精神病患者。总之，在我看来，这个世界无聊至极，连活着对我来说都是一件无聊透顶的事情。

起初我跟大部分人一样，整日沉迷于声色犬马的生活。但那样丝毫未能消除我内心的无聊感，留下的只有失望，难道这世上就没有半点有趣的事情了吗？那样也太无聊了！渐渐地，我对所有事情都失去了兴趣。比如，当有人对我说"这个游戏很有趣，你一定会玩上瘾的"，我的第一反应不是"啊，还有这样的游戏啊，那我必须要试试"，而是会动用自己丰富的想象力，设想它的有趣程度，然后在心底暗暗讥讽"也没什么大不了的嘛"。

于是，有段时间我整日无所事事，每天机械地重复着吃饭、起床、睡觉的枯燥生活。即便偶尔进行一些不切实际的幻想，最终还是会得出无聊、无趣的结论，这种感觉简直比死还痛苦。但在周围人看来，我一直过着无比安逸的生活。

如果我是个穷困潦倒、食不果腹的穷鬼，或许还不至于如此痛苦。虽然会被迫出去工作赚钱，但至少有事可干，内心也是幸福的。又或者，如果我是个超级富豪，或许处境也会截然不同。我可以挥金如土，像历史上的暴君那样极尽奢侈，沉浸于血腥游戏与其他玩乐当中。但这些不过是奢望，我只能像民间故事里的物臭太郎①一样，在生不如死、寂寞空虚的日子里苦苦挣扎。

听完我这番话，大家肯定会说："对吧对吧，但对世间的一切提不起兴趣这一点，我们绝不逊色于你。所以才会成立这个俱乐部，想办法寻求别样的刺激感。你也是因为太过无聊才加入我们的吧？不用说我们也知道你有多无聊。"确实，我根本没必要解释自己活着究竟有多无聊，我相信各位能充分理解这种感受，所以我才决定今晚来到这里，与大家分享我扭曲刺激的经历。

我时常出入楼下的餐厅，久而久之便与这里的老板熟络起来。其实我很早以前就听说过"红色房间"，也接到过多次邀请。按理来说，我应该会对这种事情很感兴趣，可为何时至今日才加入呢？理由说来有些失礼，是因为我无聊到超乎各位的想象，我已经无趣到了极点。

犯罪和侦探游戏？降灵术之类的灵异实验？观看淫秽电影或色情表演之类的情欲游戏？参观监狱、疯人院、解剖学教室？各位竟然会对这些东西感兴趣，真是幸福。听说大家还准备去现场偷看执行死刑？说实话，我听到的时候一点儿也不惊讶，倒不是因为我早已厌倦了这种毫无新意的活动，而是因为老板跟我聊起这事的时候，我正在体

---

①物臭太郎出自《御伽草子》涉川版的一则民间故事，是一个对生活毫无追求的懒汉。

验一种世间少有的刺激游戏。这么说可能有点危言耸听，但在我看来那确实是一种游戏，而我也沉迷其中，无法自拔。

说出来可能会把大家吓一大跳……这个游戏就是杀人，真正的杀人。而且，从开始玩这个游戏到现在，我已经夺走了近百个男女老幼的性命，目的就是为了排解无聊。各位肯定以为我是为了悔过自新、忏悔自己的罪行才来到这里的吧。其实并非如此。我没有丝毫的悔过之意，也对自己犯下的罪行毫无恐惧之感。不仅如此，哎，怎么对你们说呢，最近我甚至开始厌倦杀人这种血腥刺激的游戏。为了寻求进一步的刺激，我不再杀人，而是做了一件近似自杀的事情——我开始沉迷于吸食鸦片。如此一来，即便是我也会变得珍惜生命。我只好极力克制吸食鸦片的欲望。但既然杀人已经让我提不起兴趣，最后能让我感到刺激的也只有自杀了吧？要不了多久，我应该会因为吸食鸦片而丧命吧。想到这里，我决定趁我还能清晰表达自身想法的时候，把曾经做过的事情和盘托出，而最理想的倾听者应该就是"红色房间"的各位了吧。

所以，我并非真心想成为各位的伙伴，单纯只是想让大家听一听我这段离奇而刺激的经历。幸运的是，新入会员必须在第一天晚上分享一些符合协会主题的故事。所以，今晚我才有机会在这里实现自己的心愿。

那是大约三年前发生的事情。正如方才提到的那样，我当时对所有刺激活动失去了兴趣，如同一只名为"无聊"的动物，整日过着懒散无趣的生活。但就在那年春天，虽说是春天，但天气依然寒冷，准确来说，应该是二月底或三月初的样子。某天夜晚，我遇到了一件怪事，而那也成了我夺走近百人性命的契机。

那晚我在某处玩到了半夜一点左右，出来的时候已经有点醉了。夜里温度很低，但我没有打车，而是迈着摇晃的步子往家里走去。只要拐进下一条小巷，再走个百来米就能到我家了。然而，正当我若无其事地来到拐角处，一个神色慌张的男子冷不丁地与我撞了个正着。我当即被吓了一跳，但对方似乎更惊恐，呆站在原地久久没有吭声。等他回过神来，借着朦胧的路灯打量清楚我的样貌后，才慌张地开口问道："这附近有没有医生？"我仔细问过才知道，原来男子是一名司机，方才不小心撞倒了一个老人（大半夜在街上独自晃悠，多半是流浪汉吧），伤势十分严重。果不其然，四五米远处停着一辆汽车，车旁躺着一团人形黑影，在那里轻声呻吟着。这里离派出所有段距离，加上老人伤势较重，于是司机决定先找家医院对他进行救治。

好在我家就在附近，我对这一带十分熟悉，自然清楚医院在哪，于是我不假思索地告诉他：

"从这里往左走两百米左右，能看到左边有一座亮着红灯的建筑，那就是 M 医院，到那后敲门叫醒值班医生就行了。"

那名司机在助手的协助下，连忙将伤者送往 M 医院。我目送着他们的身影消失在黑暗中，但被卷入这种事也实在无趣，于是我很快便回到了家中。我是个单身汉，回到家便钻入了用人阿婆帮我铺好的被窝中。可能是因为有些醉意，我久违地早早进入了梦乡。

其实也不是什么特别的经历，倘若我就这样将其忘记，这事也就到此为止了。可等我第二天醒来，我竟还记得前一天晚上发生的小插曲，并开始思考一些无关紧要的事情，比如那个伤者有没有得救等。但很快，我意识到了一个问题。

"糟糕，我犯了一个天大的错误！"

我心头一惊。虽然我当时喝醉了，但还没到意识不清的地步，我怎么能引导司机把伤者带去 M 医院呢！

"从这里往左走两百米左右，能看到左边有一座亮着红灯的建筑……"

我还清晰地记得当时说过的话。可我为什么没有告诉他"从这往右走有一家 K 医院，那里有专业的外科医生"呢？

我指引司机去的 M 医院其实是一家医术不精的三流医院，连能不能胜任外科手术都是个问题。但与它相反的方向不是有一家距离更近且设备更齐全的 K 外科医院吗？我明明很清楚这些，可为何还是要把司机往错误的路上带呢？我也不清楚当时究竟是出于何种心理，可能只是突然脑子短路了吧。

我越想越不放心，于是装作若无其事的样子，向阿婆打听起了附近的传闻，结果得知伤者昨晚死在了 M 医院的诊察室里。没有哪个医生喜欢接待重伤的危急患者，更何况是半夜一点，这种结果倒也情有可原。

可我听说，那名司机去了 M 医院后，敲了很久门都迟迟不见有人出来。最后磨蹭了半天才将伤者抬进医院，可那时已经来不及抢救。如果当时 M 医院的医生明确告诉司机"我不是专业的外科医生，你们去附近的 K 医院吧"，或许伤者还能有一丝获救的希望。可现实是何等荒唐，他竟然打算亲自处理重伤患者，结果引发惨剧。而且我听说当时那医生手忙脚乱，在伤者身上胡乱倒腾了很长时间。

听完这些后，我莫名地产生了一种怪异的感觉。

在这起事件中，有几个人参与杀害了可怜的老人呢？汽车司机与 M 医院的医生自不必说，若要论法律责任，最终恐怕会定性为司机过失杀人，但实际上罪魁祸首应该是我吧？如果我当时引导司机去的不是 M 医院，而是 K 医院，或许伤者就能顺利获救。司机只是不慎撞伤了老人，并没有真正地杀死他。M 医院的医生也只是因为医术不精导致抢救失败，并没有明显的过错。好，就算医生有不可推卸的责任，归根结底也是因为我指引司机去了 M 医院。也就是说，我当时的指路关系着老人的生死。让老人受伤的是司机，但杀死老人的应该是我吧？

当然，前提是我只是偶然口误。如果那并非偶然过失，而是我故意设计害死老人，结果会怎样呢？毫无疑问，我就等同于犯下了杀人罪。然而，法律虽然可以惩罚肇事司机，却奈何不了作为实质凶手的我。因为我跟死去的老人没有任何关系，即便怀疑到我头上，我只要借口说当时忘了还有另一家外科医院，便可以顺利脱身。那完全是良心层面的问题。

各位，你们想到过这种杀人手法吗？我也是通过那次车祸才偶然发现了这个盲点。仔细想想，这世界是何等的阴暗险恶。谁也不知道哪天会不会遇到我这种人，因为被毫无缘由地推荐了错误的医生，导致无辜丧命。

后来，我进行了不少实验。这里跟大家分享一些成功的案例。某日，一个乡下老太婆打算横穿电车轨道，但她刚迈出一只脚，便被周围穿梭的汽车、自行车、马车、人力车等吓得慌了神。假设老太婆迈出一只脚的刹那，急行电车正朝这边飞速驶来，距离老太婆仅有四五米的距离。如果这时老太婆毫无察觉，果断地穿过铁轨，或许什么事也不会发生。但如果此时有人冷不丁地大喊"阿婆小心"，她必然会六神无主，吓得不知是前进还是后退。再假设电车因为距离太近无法紧急刹车，一句平常的"阿婆小心"可能就会害她身受重伤，严重点可能会让她直接命丧黄泉。而我就曾用这种方法杀死了一个乡巴佬。

（T氏突然顿了顿，脸上露出了诡异的笑容。）

在那种情况下，大喊"小心"的我无疑就是凶手。但谁会怀疑我呢？谁又能想到这世间竟有人因为对杀人感兴趣，便毫无缘由地剥夺一个陌生人的生命呢？而且"小心"这种提醒语，无论怎么看都像出于善意。从表面上来看，死者更应该感谢，而非怨恨。各位，这是何等安全的杀人手法啊！

世人坚信做了坏事必定会受到法律的制裁，得到相应的惩罚，因此愚蠢地放下戒备。没人想过法律也可能让凶手逍遥法外。但现实如何呢？从我刚才分享的两个例子便可以看出，这世间不触犯法律的杀人方法数不胜数。当我意识到这一点时，我并没有为世间的阴暗感到恐惧，反而对造物主为人类留下的犯罪余地感到兴奋。这个发现令我欣喜若狂。这简直太完美了！只要使用得当，我相当于在大正盛世拥有了一块免死金牌。

于是，我顺势想到用这种杀人手法来排解我那生不如死的无聊感。绝对不会触犯法律的杀人手法，即便是夏洛克·福尔摩斯也无法破解。啊，这是何等完美的排解方法！自那以后的三年时间里，我全身心地沉浸在杀人的乐趣中，不知不觉间彻底忘记了无聊的滋味。各位可别笑，我虽无法像战国时代的豪杰那样上演血腥的"百人斩"，但在杀满一百个人之前，我是绝对不会收手的。

三个月前，我刚好杀了九十九个人。就在离计划还差最后一个人的时候，正如前面提到的那般，我突然对杀人失去了兴趣。这个姑且不提，先说说这九十九人是如何被杀死的吧。当然，我跟这九十九人毫无瓜葛，只是因为对不为人知的杀人手法与结果感到好奇才痛下杀手。而且我从未用过重复的杀人手法，每杀死一个人，我便会绞尽脑汁思考下次用什么新手法，而这也是另一种乐趣所在。

但我无暇在此对九十九种杀人手法逐一细说，而且我今晚来这里并非为了坦白我的杀人手法，我只是想分享自己为了排解无聊不惜残忍地杀人，而后又对此失去兴趣，打算通过自我毁灭来获取刺激的扭曲心态，让大家予以评判。至于杀人手法，我打算列举两三例作为参考。

在我发现这种杀人手法后不久，发生了这样一件事情。我家附近有个按摩师，因为身体残疾，他的性格十分顽固。对于别人的善意提醒，他总会往坏的一面揣测。一副"别以为我是瞎子就可以拿我当傻子耍，我可是什么都清楚"的样子。无论别人说什么，他都会执意唱反调，简直顽固到了极点。

　　某日，我走在一条马路上，恰巧碰到那个顽固的按摩师迎面走来。他得意地拄着手杖，一边哼着歌一边迈着轻快的步伐往前走着。刚好这一带从昨天开始修下水道，马路一侧挖了一个很深的坑。可他是个盲人，根本看不见路旁"禁止通行"的警告牌，依旧慢悠悠地朝坑旁走去。

　　于是我灵机一动，故意远远地与他搭话。

　　"喂，N君！"我先叫出了他的名字（我平日经常找他按摩，彼此都很熟悉），"那边很危险，你要往左走，往左走！"我刻意用半开玩笑的语气朝他喊道。因为我很清楚，按照他平日的行事作风，他肯定会认为我是在恶意捉弄他。所以，他绝对会往反方向走。果不其然……

　　"嘿嘿……净跟我开玩笑。"他不以为然地说着，朝右边挪了两三步。下一秒，他冷不丁一脚踏空，掉入了下水道施工用的深坑里。那坑足足有三四米深。我装作惊恐的样子冲到洞边，确认计划是否成功。兴许是撞到了要害，他整个人无力地瘫在洞底。八成是磕到了洞边凸起的石头，他剃着平头的脑袋上正不断地往外冒着暗红色的鲜血。不仅如此，他的舌头似乎也被咬伤，口鼻里也不断地流着鲜血。此时的他已经脸色惨白，连呻吟的力气都没有了。

　　尽管后来被救起，但他只是奄奄一息地挺了一周，便一命呜呼了。我的计划非常成功。谁会怀疑我呢？我平日时常照顾这个按摩师的生意，跟他也没有任何过节，根本不存在杀人动机。表面上看，我只是为了让他避开右侧的深坑，才朝他大喊"往左走，往左走"，人们只会认为我是出于好意，谁也不会想到这种善意的提醒下竟隐藏着如此歹毒的杀意。

这是多么刺激而有趣的游戏啊。每当我想到一种巧妙的杀人手法，内心就会像艺术家找到创作灵感般欢欣雀跃。实施计划时紧张期待的心情，达到目的时难以言喻的满足感，以及被我杀死的男女对眼前的凶手毫无察觉，鲜血淋漓地挣扎着死去的光景……起初，这一切让我感到无比刺激。

后来，又发生过这样一件事情。那是一个乌云密布的夏日，我正在郊外的一个文化村闲逛，村里稀疏地排列着十来栋洋房。当我从其中最气派的一栋水泥洋房的后门经过时，一件怪事吸引了我的目光。一只麻雀贴着我的鼻尖飞过，停在了连接水泥洋房与地面的粗铁丝上。麻雀刚挨到铁丝，便立即被弹飞，掉到地面一动不动。

我纳闷地上前看了看。原来那根铁丝连接着洋房尖顶上的避雷针。铁丝表面原本包裹着绝缘层，可不知为何，麻雀落下的位置恰好外皮剥落。我不太熟悉用电方面的知识，但我曾听人说过，由于大气放电现象，连接避雷针的铁丝时常会有较强的电流通过。方才那只麻雀可能就是因为这个丧命的吧。我还是头一回遇到这种事情，觉得非常神奇，于是呆呆地盯着那根铁丝看了许久。

这时，一群像是在玩士兵游戏的小孩叽叽喳喳地从洋房侧面走出来，接着又一窝蜂地朝对面跑去，唯有一个六七岁的小男孩被落在了后头。我好奇地过去看了看，原来他正站在铁丝前的小坡上撩起衣服尿尿。见状，我立即心生一计。初中时老师教过，水是导电体。而小便也是水，所以同样具备导电性。但当时小孩站的位置不太可能会尿到裸露的铁丝上。

于是我对那个小孩说：

"喂，小弟弟，你尿到那根铁丝上试试，能尿那么远吗？"

小孩不服气地回答："当然可以了，不信你看！"说着，他换了个姿势，二话不说朝着铁丝裸露的位置尿了起来。就在尿液触碰到铁丝的那一瞬间，一件可怕的事情发生了。只见小孩"砰"地从地面弹起，随后重重地摔到了地上。后来我才听说，避雷针很少会带这么强的电流，这也是我有生以来第一次见到有人被电死。

这次我当然也不用担心被怀疑。我只要对抱着男孩尸体失声痛哭的母亲象征性地安慰几句，然后若无其事地离开现场即可。

另外一件事情同样发生在夏天，这次我锁定的目标是我的一个好友。其实我们之间没有任何过节，甚至还算得上有多年交情。而我却近乎扭曲地渴望看到这位关系要好的朋友在毫不知情的情况下，微笑着瞬间化作死尸的场景。某次我与这个朋友一起前往房州①某个偏僻的小渔村避暑。小渔村里没有正儿八经的海水浴场，只能看到一群被晒得黝黑的小孩在海边嬉戏玩耍。从城里来的游客除了我们两个，还有几个学画画的学生，但他们从不下水，只是拿着写生本在海边闲逛。

不同于知名的海水浴场，这里看不到都市少女的曼妙身姿，住的是简陋寒酸的旅社，吃的东西除了生鱼片，其他全都难以下咽，实在是一个位置偏僻、生活不便的地方。

_____

① 相当于现在的千叶县南部。

但我那位朋友跟我的想法截然不同，他喜欢在这种偏远的地方享受宁静的生活。而我只是迫不及待地想找个机会杀了他，所以我们接连在小渔村待了好几天。

某日，我把这个朋友带到一处离渔村较远的海崖边，边脱衣服边若无其事地说："这地方好适合跳水啊。"朋友也略懂游泳，听完我的建议，他附和了一句"这里确实不错"，也跟着脱掉了衣服。

然后，我站到崖边，笔直举起双手，用夸张的音量大喊："一、二、三！"接着"嗖"地跃起，伴随一道优美的弧线，一头扎入了眼前的海面。

在身体接触水面的瞬间，我立刻启用胸腹式呼吸，拨开水面，在潜到水下两三尺深的位置快速转身，如飞鱼般迅速跃出水面。这是"跳水"的诀窍所在。我不仅从小擅长游泳，连"跳水"也是家常便饭。在距离岸边八九米远的水面探出头后，我一边摆动双脚踩水，一边抹去脸上的海水，朝着朋友大喊：

"喂，你也跳下来试试。"

朋友没有察觉到异样，爽快地回了声"好"，采用和我相同的姿势猛地往下一跃。

他入水时溅起了巨大的水花，但过了许久都没见浮出水面……这些我早有预料。因为那儿距离水面一两米深的位置有一块巨大的岩石。我事先确认过那块石头的位置，也清楚以朋友的拙劣技术，绝对会潜到一两米以上的深度，然后一头撞到那块岩石上，所以才出此计划。想必大家都知道，"跳水"技术越精湛，潜入水下的距离就越短，我对跳水已经十分熟练，所以在撞到岩石前便快速浮上了水面。

但朋友在"跳水"方面完全是个门外汉，照他这样一头钻入海底，必然会撞得头破血流。

果不其然，过了一会儿，他的尸体浮出了水面，如同一条死了的金枪鱼，随着海浪漂动着。毫无疑问，他已经死了。

我抱着他游上岸，然后快速跑回渔村，向旅馆的人求救。还未出海的渔夫立马赶来抢救，但因为头部伤得太重，已经没有生还的希望。我仔细看了看，他的头顶有一道五六寸长的口子，白色的肉向外翻着，放置头部的地面上，暗红色的血水凝成了一团。

前前后后，我只去警局接受过两次审问，其中一次就是因为这起案件。由于事发地没有目击者，警方审问我也是理所当然的事情。但我和朋友关系十分要好，也从未发生过任何矛盾，而且从当时的情况来看，我们都不清楚海底有岩石，只不过我技术更娴熟，侥幸逃过一劫，而朋友因为不擅长游泳，不幸酿成惨案。于是，我很快便洗清嫌疑，甚至有警察好心安慰我说"朋友去世一定很难过吧，还请节哀"。

哎呀，要是逐一列举的话，恐怕会没完没了。说了这么多，想必大家都已经明白我所谓的"绝对不犯法的杀人手法"是什么了吧？套路基本相同。比如混进马戏团的观众群里，突然做出一些不宜描述的怪异姿势，吸引在高空走钢索的女表演者的注意，害她因分神从高空坠落。或是误导在火灾现场疯狂找孩子的妇女，对她说"你听到哭声没？"，暗示对方孩子还在失火的房子里睡觉，诱导她冲入火海，被活活烧死。又或者，偷偷站在准备投河自尽的女孩身后，突然冲她大喊"等等"，导致原本可能已经放弃轻生的女孩，因突如其来的惊吓，不慎失足掉入水中……类似的例子太多了，几天几夜都说不完。夜已经深了，想必大家已经听腻了这种残忍血腥的故事，最后请容许我再介绍一个特殊的例子吧。

听完前面介绍的例子，大家可能以为我每次顶多杀一个人。但很多时候并非如此。否则，我也不可能在三年不到的时间里，用绝对不犯法的杀人手法成功杀死九十九个人。我记得，其中死亡人数最多的是去年春天那次。想必各位也看过当时的报道，就是中央线列车侧翻致多人死伤那次，那就是我干的。

虽然办法十分简单，但要找到合适的执行地点并非易事。不过我从一开始就将目标锁定在了中央线沿线上，因为这条路线会经过一段特别适合实施计划的山路。而且就算列车侧翻，人们也只会心想"啊，怎么又出事了"。相比其他路线，这里更不容易引起怀疑。

话虽如此，寻找理想作案地点的过程十分艰辛，等我最后将位置选定在 M 车站附近的山崖上时，已经过去了整整一周。M 车站有一家小型温泉浴场，我先在那家旅馆住下，每天悠闲地泡泡温泉、散散步，尽量将自己伪装成长期逗留的温泉旅客。这一步又浪费了十多天。直到某天，时机终于成熟，我像往常一样前去附近的山间散步。

我先爬到距离旅馆约半里路的一座小山丘上，在那里一直待到天黑。我所在的悬崖正下方恰好是列车路线的拐弯点，铁路的另一侧是一片深不可测的山谷，从我的位置隐约能看见谷底流淌的小河。

　　过了一会儿，终于到了实施计划的时间。尽管周围空无一人，我仍装作不慎绊倒的样子，顺势将脚下一块事先备好的大石头踢了出去。那块石头的位置恰到好处，只要稍稍一踢，就能顺利落到下方的铁轨上。原本我打算要是一次不行就多找几块石头试试，谁知一次便成功了，那块石头不偏不倚地落在了其中一根铁轨上。

　　半小时后，列车就会从这里经过。那时天已经黑了，石头又恰好在弯道前方的位置，司机不可能发现。确定万无一失后，我连忙返回 M 车站（走半里山路起码要三十分钟），冲进站长的办公室，装作一脸慌张的样子大喊："大事不好了！"

　　"我是来这里泡温泉的游客，刚刚散步走到了半公里外一处紧挨铁轨的山崖上，我下坡的时候，不小心把一块石头踢到了下面的铁轨上。万一列车从那里经过，肯定会脱轨，搞不好还可能翻落到山谷里去。我本想跑下去搬开那块石头，可我对那一带的地形不熟，根本不知道从哪里下去。我想着与其浪费时间，不如去找人求助，于是跑来了这里。怎么办？能不能麻烦你们快点去把石头挪开？"

　　我故作担忧地说道。站长当即脸色大变，对我说道：

　　"那可就糟了，下行的列车刚刚经过，从时间上来推算，应该已经过那一带了……"

　　这正中我的下怀。就在我们进行此番对话的时候，该趟列车的乘务员死里逃生跑回车站，带来了列车翻车、死伤人数不明的噩耗。现场顿时乱作一团。

　　我因与事件存在关联，被 M 地的警局扣留了一晚。但那毕竟是我精心策划的犯罪，不可能存在疏漏。最后，我被警方严厉教育了一番，但并没有受到任何惩罚。事后我听说，依据日本刑法第一百二十九条规定 ①，我当时的行为顶多处以五百日元以下的罚款，但警方判定我的情况不适用这项条款。就这样，我仅用一块石头，便成功夺走了……呃，我想想……没错，是十七人，夺走了十七人的性命，而且没有受到任何惩罚。

"各位，我就是用这种方式成功杀死了九十九个人，而且不带丝毫悔过之意，甚至开始对这种游戏感到厌烦，所以这次我打算把自己当成牺牲品。听完我这些残忍的经历，大家都皱起了眉头。确实，这已经超过了常人的理解范围，甚至可以用罪大恶极来形容。但希望大家能理解一个为了摆脱极度的无聊感，不惜犯下此等滔天大罪的男人的心情。因为除了策划犯罪，我再也找不到其他活着的意义。烦请各位帮忙评判一下，我这样算是疯子吗？还是人们口中的杀人狂？"

就这样，今晚的主讲人分享完了他惊世骇俗的人生经历。他瞪着一双布满血丝、眼白多于眼黑的邪恶眼珠，像疯子似的扫视在座的每一个人。但没有人予以回应或评判。唯有被诡异跳动的烛光映得通红的七张脸，纹丝不动地僵在原地。

突然，门边的帷幔闪过一道银光。定睛一看，闪着银光的物体越变越大。那是一个银色的圆形物体，如破云而出的满月般，

---

① 日本的旧时刑法条款，后来进行过修订，参照现今的条款，大致意思为"若因过失导致火车、电车或船舶来往发生危险，或使火车、电车或船舶翻覆、受损或沉没，处 500 日元以下罚款（现已调整为三十万日元）。"

从红色帷幔后逐渐呈现出完整的形态。我从一开始便猜到那是女服务生用来装饮料的银色大托盘。但在这个气氛被渲染得极度诡异的红色房间里，随处可见的银色圆盘很容易让人联想起《莎乐美》[①]戏剧当中，奴隶从古井里捧出的那个放有预言者头颅的银盘。银盘从红色帷幔后冒出的那一刻，我甚至担心下一秒会不会飞出一把像青龙刀那样闪着凶光的大砍刀。

但从帷幔后出现的并非嘴唇丰厚的半裸奴隶，而是一名美丽的女服务生。她迈着轻快的步伐在七名男子中间来回穿梭，为在场的人分发饮料。红色房间里渲染的诡异气氛顿时被世俗的微风吹散，给人一种难以言喻的违和感。女服务生身上散发着楼下餐厅华丽歌舞的香艳与烂醉的年轻女郎特有的慵懒气息。

"各位注意，我要开枪咯。"

突然，T氏以沉稳的语调说着，将右手伸入怀中，冷不丁地掏出一样闪闪发光的物体，指向女服务生。

我们下意识地发出尖叫。砰！枪声与女人的尖叫声几乎同时响起。

我们齐刷刷地从椅子上弹了起来。但幸运的是，女服务生毫发无损，只是看着被击得粉碎的饮料杯，心情久久不能平复。

"哈哈哈哈……"T氏像个疯子一样大笑了起来。

"那是玩具枪啦，不是真的，啊哈哈哈……小花被吓得够呛

---

① 《莎乐美》是英国唯美主义作家奥斯卡·王尔德于1893年创作的戏剧。剧中莎乐美的母亲以莎乐美作为复仇工具，唆使她跳舞取悦希律王，借此换取施洗者约翰的头颅。而莎乐美扭曲的爱得到满足后，最终也难逃死刑。

吧？哈哈哈……"

T氏右手握着的手枪还在冒着白烟。那玩意儿真的是玩具吗？

"啊，吓死我了……原来是玩具啊？"与T氏许久以前便认识的女服务生依旧唇色惨白，但她还是硬着头皮走到T氏身边。

"来，给我看看。哇，简直跟真的一样呢。"

为了掩饰方才的失态，她拿起那把据说是玩具的六连发手枪，端详了一会儿，开口说道：

"好不甘心哦，我也要打一发试试。"

话音刚落，女服务生弯曲左臂，架起枪口，得意地瞄准T氏的胸口。

"有本事的话，朝这里开一枪试试啊。"T氏坏笑着调侃道。

"有什么不敢的。"

砰……比先前更刺耳的枪声响彻房间。

"呜呜呜呜……"耳边传来难以形容的诡异呻吟声。还没等大家回过神，T氏猛地从椅子上弹起，重重地倒在了地上。然后他挥动着手脚，痛苦地挣扎起来。

这是在开玩笑吗？可若是玩笑，未免也太逼真了吧？

我们连忙围到他身旁，旁边有人拿起烛台举到T氏的正上方。仔细一看，T氏正面色苍白地抽搐着，如同一只受了伤的蚯蚓，在地上疯狂地扭动着。他全身的肌肉忽伸忽缩，完全是濒死挣扎的状态。从他敞开的胸口隐约能窥见一道黝黑的伤口，他每挣扎一次，便有鲜血从伤口溢出，顺着他白皙的皮肤滑落。

那根本不是什么玩具六连发手枪，其实第二发装的是实弹。

我们不知所措地僵在原地，久久没有动弹。诡异血腥的故事过后，又上演如此骇人的一幕，这对我们造成的冲击实在太大。若按钟表的时间来计算，或许短暂到可以忽略不计。但对当时的我而言，伫立在原地的时间格外地漫长。因为在那种突发状况下，面对痛苦挣扎的伤者，我竟有时间在脑中做出以下推理。

这确实是一场意外。但仔细想想，这难道不是 T 氏特意为今晚准备的节目吗？他已经杀了九十九个人，于是决定把最后一个空位留给自己。而"红色房间"最适合用来做这种事情，所以他将这里作为最后的死亡地点。从 T 氏扭曲的性格来考虑，完全有这种可能。没错，他先让人相信那是一把玩具枪，然后故意引女服务生开枪。这不正是他惯用的杀人手法吗？如此一来，女服务生不用担心会受到惩罚，毕竟在场有我们六人做证。换而言之，T 氏将他以往用在别人身上的杀人手法，也就是加害者无罪法用在了自己身上。

除我之外，其余人也都沉浸在各自的情绪中。或许他们也跟我的想法一样吧。而实际上，也只可能存在这种推论。

可怕的沉默降临，耳边只能听到趴在地上的女服务生发出的微弱啜泣声。"红色房间"里的烛光映照出悲惨的光景，给人一种脱离现实的恍惚感。

"库库库库库……"

突然，除了女人的啜泣声，房间里多了一种诡异的声音。似乎是从那个早已停止挣扎、如死尸般瘫软在地的 T 氏口中发出的。我的后背顿时升起一丝凉意。

"库库库库……"

那个声音越来越大。还没等我们反应过来，濒死的 T 氏已经摇摇晃晃地站了起来。站起身后，他依然不断发出"库库库"的怪声，听起来像是从内心深处挤出的痛苦呻吟声。但是……莫非……喂，真是如此吗？他竟然一直在咬紧牙关强忍笑意。

"各位！"他大笑着喊道，"各位，现在明白是怎么回事了吗？"

这究竟是怎么回事？方才还在伤心抽泣的女服务生突然腾地起身，难以自控地捧腹大笑起来。

在场所有人目瞪口呆。T 氏当着我们的面取出一个小圆筒，放到掌心上，并解释道："这个啊，其实是用牛膀胱做成的子弹，里面装满了红墨水，一旦被击中，就会破裂并流出来。还有，就跟这颗子弹一样，我刚才分享的经历也全都是胡编乱造的。不过我的演技应该还挺逼真吧……好了，各位无聊人士，希望我今晚的表演能给大家带来一丝梦寐以求的刺激感……"

趁着他揭晓谜底的间隙，充当助手的女服务生瞅准时机，打开了楼梯下的开关。突如其来的白色灯光晃得我们眼前一阵眩晕。而方才房间中营造的虚幻气氛，也顿时被白色灯光一扫而空。表演用到的魔术道具凌乱地散落一地。不管是深红色的帷幔和地毯，还是同色系的桌布和扶手椅，甚至连桌上别具特色的烛台，此刻都显得十分寒碜。"红色房间"里再也找不到一丝如梦似幻的感觉。

心理测试

XIN

LI

CESHI

一

蕗屋清一郎为何会做出此等丧尽天良的事？谁也不清楚当中的动机，即便知道，也和接下来的故事没有太大关系。兴许是为学费所迫，他大学期间一直在勤工俭学。他天资聪慧、勤奋好学，但为了赚取学费，他不得不匀出时间去做一些无聊的兼职工作。如此一来，也就没有足够的时间去学习、思考，这令他倍感苦恼。可有人会为了这等小事不惜犯下滔天大罪吗？或许是因为他生性邪恶，他想要的不只是学费，更多是为了满足隐藏在心底的其他欲望吧。这些姑且不谈。总之，他在半年前便萌生了这种想法。在这半年时间里，他犹豫、迷茫过，但思虑再三，他还是决定完成这个计划。

某日，蕗屋偶然结识了同年级的斋藤勇，而这也成了整个事件的开端。起初，他并没有什么企图，但接触一段时间后，他开始带着模糊的目的接近斋藤。然后，随着关系的深入，模糊的目的也逐渐变得清晰起来。

大约一年前，斋藤在某个僻静的住宅区租了一间房子。房东是个年近六十的官员遗孀，靠着出租亡夫留下的几间房子度日，生活还算宽裕。但因无儿无女，她将金钱视作了人生唯一的依靠。除了出租名下的房屋，她还会向熟人发放小额贷款，从中赚取利息。看着账户上的存款越来越多，她感受到了无与伦比的喜悦。她肯把自家的一间屋子租给斋藤，一方面是担心几个妇人住在这里不太安全，另一方面是考虑到每个月可以增加一笔收入。从古至今，守财奴的心理从未变过。如今这种情况很少见了，据说当时房东除了把钱存在银行，还把一大笔现金藏在了家中某个隐秘的位置。

而这也引起了蒋屋的注意。在他看来，一个老太婆坐拥此等巨额资产根本毫无意义，不如用来资助他这种优秀青年完成学业，这才是最合理的。于是，他时不时会在斋藤面前提起那个老寡妇，试图从中套取有用信息，从而摸清那笔巨款的下落。但在得知斋藤偶然发现了房东的藏钱地点前，蒋屋并没有确切的想法。

"跟你说，我真是太佩服那个老太婆了。一般人藏钱，要么放在地板下面，要么藏在天花板上面。可这个老太婆选的地方太出人意料了！她不是在客厅壁龛那里摆了一盆很大的枫树盆栽吗？钱就藏在那个盆栽底下。哪个小偷会想到她把钱藏在了盆栽底下？那个老太婆可真是守财奴中的天才啊！"

斋藤打趣似的笑着说道。

自那以后，蒋屋的企图逐渐变得清晰起来。为了拿到老寡妇那笔钱，以缓解学费上的压力，他开始策划不同的方案，分析每种方案可能面临的问题，力求找到一个万全之策，但这事远比想象中困难。相比之下，多么复杂的数学题都显得不值一提。如同前面提到的那般，蒋屋光是梳理整个计划过程，就耗费了近半年的时间。

　　毫无疑问，整个计划最大的难点在于如何免除刑罚。至于伦理上的问题，也就是良心上的谴责，对他来说不足挂齿。因为在他的观念里，拿破仑大肆杀人并非犯罪，而是一件值得赞扬的事情。同样，为了培养一个才华横溢的青年，牺牲一个单脚踏入棺材的老太婆，也是一件理所当然的事情。

　　老寡妇平日很少出门，成天悄无声息地窝在里屋的客厅里。即便偶尔外出，也会再三叮嘱来自乡下的女佣严加看守。尽管蕗屋费尽心思，却仍然无法从老寡妇那里找到任何可乘之机。起初，蕗屋想过趁老寡妇和斋藤不在的时候，设法支开女佣，然后趁机偷走那笔钱。但他很快意识到这是一种鲁莽的做法。即便只有一小段时间，可一旦被人知道当时只有他一人在屋内，必然会引起怀疑。蕗屋想了很多诸如此类的草率方案，构思好后又自行推翻，反复折腾了一月之久。比如，他想过伪装成斋藤、女佣或是普通盗贼盗窃的假象，或是趁屋里只有女佣的时候，悄无声息地溜进去把钱偷走，又或是深夜趁老寡妇熟睡的时候偷偷下手。但不管是哪种方式，都可能留下线索。

　　最终，他得出了一个可怕的结论：只有杀死那个老寡妇才可能成功。虽然他并不清楚老寡妇究竟藏了多少钱。但种种迹象表明，那笔钱绝对没有多到值得用杀人的方式去盗取。为了区区一笔小钱，不惜杀害无辜之人，未免太过残忍。可即便不是普遍意义上的巨款，对穷困潦倒的蕗屋而言，也足以度过当下的难关。而且，蕗屋眼下关心的不是钱财的多少，而是如何在不被发现的情况下作案。为此，无论付出多大代价，他也在所不惜。

乍看之下，杀人的风险似乎要比单纯的盗窃高出数倍，但这不过是一种错觉。当然，如果以犯罪被发现为前提，杀人无疑是所有犯罪中代价最大的一种。但若不计较惩罚的轻重，仅以被发现的难易程度来衡量，对有些人来说（例如蒋屋），反而是盗窃风险更高。相反，若是杀死案件的目击者，虽然手段残忍，却可以免去后顾之忧。历史上不乏一些杀人如麻的邪恶案犯，他们能成功躲过追捕，不正是因为他们有胆量去杀人吗？

那么，杀了老寡妇就能避开所有风险吗？为了理清这个问题，蒋屋思考了数月。至于这期间他的计划是如何逐步成熟的，后续会在故事中揭晓，这里暂不赘述。总之，他凭借常人难以企及的聪明才智，经过极细致入微的分析总结，终于想出一个毫无破绽且绝对安全的计划。

接下来只需耐心等候时机即可。但时机来得比想象中要早。某日，斋藤前去学校办事，女佣也碰巧外出，两人至少要傍晚才能回来。而蒋屋也恰好在前一天做好了最后的准备。这里说的准备是指（这里有必要稍作说明，当时距离蒋屋从斋藤那听说藏钱地点已经过去了半年）确认那笔钱是否还在原来的位置。那天（即杀死老寡妇的前两日）他去拜访了斋藤，顺便初次走进客厅与老寡妇闲聊。他特意将话题引向有关老寡妇的财产及其藏匿地点的传闻上。每当他说出"藏"这个字时，他都会暗中观察老寡妇的眼睛。果不其然，老寡妇每次都会悄悄地瞟向壁龛上的盆栽（但那时已不是枫树，而是松树）。经过数次试探，蒋屋最终确定那笔钱还藏在原地。

二

终于到了那一天，蓲屋穿戴好大学的制服和帽子，披上学生款披风，戴上普通的手套，朝目的地走去。经过再三思考，他决定放弃乔装。因为乔装需要购买服装，找地方更换等，这些环节容易留下犯罪线索，到头来只会让事情变得更复杂，没有半点好处。他认为犯罪应该在不被发现的前提下尽可能简单自然。所以，他不能让任何人发现他去过老寡妇家。即便被人看到从老寡妇家门前经过也不碍事，因为他经常去那附近散步，就算被人撞见，也可以借口说那天只是去散步。此外，他也想过路上可能会遇到熟人（必须要考虑到这种可能性），这种情况下，是乔装好还是维持平日装扮更好呢？答案显而易见。至于犯罪时间，他明知道只要耐心等待，肯定会遇到斋藤和女佣同时外出的夜晚，为何还要选择在风险较高的白天作案呢？其实这点也跟服装一样，是为了减少不必要的掩饰。

但他刚站到老寡妇家门前，整个人就好似窃贼一般（不，恐怕比窃贼更恐惧）战战兢兢地环顾四周。老寡妇家为独立栋，左右两侧用篱笆与邻居分隔开来。对面想必是一户富贵人家，高高耸起的围墙足有百余米长。这片住宅区位置偏僻，即便是白天，也基本见不到人。蒺屋当日运气不错，一路顺利地抵达了老寡妇家门口，途中连只狗都没遇见。他小心翼翼地推开平日嘎啦作响的金属拉门，进去后再轻轻关上。接着他在玄关处朝屋里轻喊了一声（为了避免被邻居听见）。老寡妇闻声来到玄关。蒺屋以要与老寡妇私下讨论斋藤的事情为由，进入了里屋的客厅。

两人刚坐下不久，老寡妇说了句"抱歉啊，女佣刚好不在家"，起身打算去沏茶。而蒺屋等的正是这一刻。他趁老寡妇弯腰准备打开纸拉门的时候，冷不丁地从背后按住她，再用手臂使劲勒住她的脖子（虽然戴了手套，但他还是尽量避免留下指纹）。老寡妇只是不断从喉咙深处发出"咕"的声响，并没有奋力挣扎。但她因痛苦而胡乱挥动的手无意间撞到了旁边的屏风，在上面留下了一道浅浅的刮痕。那是一扇古老的金色折叠屏风，上面描绘着色彩斑斓的六歌仙①图案，那道刮痕恰好就在小野小町的脸上。

确认老寡妇断气后，蒺屋放下尸体，略微在意地查看起屏风上的刮痕。但他仔细想了想，发现自己的担心是多余的。这种细微的痕迹根本不能证明什么。于是他来到壁龛前，抓住松树靠下的位置，轻轻一提便将其连根拔起。果不其然，盆栽底部放着一个油纸包裹。他冷静地拆开包裹，并从衣服右侧的口袋里掏出一个崭新的钱包，将一半左右的钞票（足足有五千日元）塞进钱包，再放回口袋里。接着，他将剩余的钞票重新用油纸包好，放回盆

---

① 六歌仙指的是日本平安时代前期（794—894）的六位杰出的和歌诗人在原业平、小野小町、大伴黑主、喜撰法师、文屋康秀、僧正遍照。

栽底部。当然，他这么做是为了掩盖偷钱的证据。只有老寡妇清楚自己究竟藏了多少钱，即便拿走一半，也不会有人怀疑什么。

接着，他卷起旁边的坐垫，盖在老寡妇的胸口（为了避免血液四溅），从左侧口袋中取出一把折叠刀，打开刀刃，用力刺入老寡妇的心脏，转动一圈再抽出。随后用同张坐垫擦净刀上的血迹，再折好放回左侧的口袋中。他担心勒颈不够保险，可能存在复活的风险，所以最后又补上了致命一击。至于为何一开始没有选择用刀，想必也是为了避免老寡妇的血溅到自己身上吧。

这里有必要对钱包和折叠刀做个简单说明。这两件物品是蕗屋为了此次计划特意在庙会的摊铺上买的。他趁着庙会最热闹的时候，选了一个客流量最多的摊铺，参照价格牌上的数字，扔下相应金额的零钱，拿起东西便钻进了人群中。整个过程十分迅速，摊主和其他客人根本没机会留意他的长相。而购置的这两件物品也非常普通，并没有什么特殊的标记。

回归正题，蕗屋确认现场没有留下任何证据后，转身走出客厅，小心翼翼地关上拉门，再来到玄关。他系鞋带的时候顺势想到了脚印的问题。但这更无须担心，因为玄关地面是坚硬的石灰泥，加上最近连日晴天，屋外的地面也十分干燥。接下来只需打开拉门离开这里即可。若是这一步出现差错，前面的努力都将化作泡影。他当即竖起耳朵，仔细聆听起外面的动静……四周一片寂静，除了从远处传来的微弱琴声，再无其他声响。他下定决心，轻轻打开拉门，像个刚拜访完屋主的客人般，若无其事地走出了宅子。果不其然，外面空无一人。

这片住宅区相对偏僻，周边的每条路都很冷清。距老寡妇家四五百米处有一面旧神社留下的古老围墙，沿着马路一直往前延伸。蓣屋确认四周没人后，迅速将折叠刀和沾有血迹的手套塞进了墙壁的缝隙中。接着慢悠悠地走到平日散步常去的小公园，坐在长凳上悠闲地看着孩子们玩游戏、荡秋千，就这样待了很长一段时间。

回去的途中，他顺道走进警察局，掏出兜里的钱包对警察说：

"这是我刚刚捡到的钱包，里面好像有一大笔现金，所以我立马送过来了。"

接着他回答了警方的一些问题，并告知了捡钱包的地点与时间（当然都是事先编好的），以及自己的住址与姓名（这倒是真的），然后拿到一张印有他姓名与失物金额的失物招领单。没错，这种方法的确非常迂回，但从安全的角度考虑，这也是最稳妥的做法。老寡妇的钱（没人知道只剩一半）还在原处，钱包的失主也不可能出现，一年后这笔钱就会归蓣屋所有[1]，到时他就可以光明正大地使用了。这是他思虑再三想出的办法。若是将这笔钱藏在某处，很可能会被人偶然发现并拿走。若是放在自己身上，无疑是一件危险的事情。但如果伪装成失物，即便老寡妇记录了钞票编号，也完全不用担心。（虽然已经大致排除了这种可能。）

"连佛祖也想不到会有人把偷来的东西交给警察吧！"

他忍住笑意，在心里嘀咕道。

---

[1] 日本法律规定，如失物在公告六个月后仍无人认领，则物品归拾得者所有。

第二天，蒋屋像平常一样在出租屋内醒来，一边打着哈欠一边翻开新收到的报纸，阅读起了社会版面。当中有一篇报道令他大为震惊，但也并非值得担心的大事，对他而言，那反倒是意料之外的喜讯——他的朋友斋藤被警方列为嫌疑人，理由是持有不合身份的大额现金。

"我是斋藤最好的朋友，这时主动找警方了解案情也是理所应当的。"

蒋屋连忙换好衣服，朝着他昨日上交钱包的警局赶去。至于为何没把钱包上交给其他辖区的警局，也是为了尽可能保持自然。到达警局后，他故意露出一副恰到好处的担忧神情，向警方请求与斋藤见面。正如他预料的那般，警方并未批准。于是，他向警方详细询问了斋藤被怀疑的原因，并借此了解到了事件的大概。

对于当时的情形，蒋屋是这样猜想的：

昨天，蒋屋离开后不久，斋藤比女佣早一步回到家中。于是，他理所当然地成了案件的第一目击者。就在他准备向警方报案的时候，他突然想起了那个藏有巨款的盆栽。如果是抢劫杀人案，那里面的钱肯定早被拿走了吧？在好奇心的驱使下，他去检查了一下那株盆栽，结果发现那笔钱还安然无恙地躺在盆底。见到这笔巨款，斋藤顿时起了贪念。虽然他的做法有些草率，但也在情理之中。反正没人知道藏钱的地方，他认为警方肯定会认定是杀死老寡妇的凶手偷走了这笔钱。在当时那种情形下，这笔钱对任何人来说都是难以抗拒的诱惑。接下来他是怎么做的呢？根据警方的描述，他若无其事地跑到警局报案。但令人哭笑不得的是，他竟把那笔钱藏在了腰带里，完全不当一回事。可能他也没料到警方会搜身吧。

等等，那斋藤后来是如何辩解的？会不会给我带来麻烦？蒟屋针对这个问题进行了各种设想。这笔钱被发现时，他可能会谎称是自己的。没错，毕竟谁也不清楚老寡妇具体有多少财产，藏在什么地方，这种回答多少有点可信度。但问题是金额太大，最后他肯定会被迫说出实情吧。可法官会相信他说的话吗？除非出现其他嫌犯，否则他不可能洗脱嫌疑。顺利的话，他可能会被判处杀人罪。若真能如此，那可就太好了……可一旦法官盘问起来，他肯定会把所有实情和盘托出，比如他发现房东的藏钱地点后把这事告诉了蒟屋，蒟屋在案发前两天去过老寡妇家，以及蒟屋穷到交不起学费，等等。

但蒟屋在制定计划前就已经考虑到了这些，警方再如何逼问，也不可能挖出比这更不利的事实了。

蒟屋从警局回来，用完迟来的早餐后（用餐期间还跟送餐的女佣讲了这件事），像往常一样去学校上课。学校几乎人人都在议论斋藤的事。蒟屋也得意地参与其中，并成了讨论圈的中心人物。

三

　　熟悉推理小说的各位读者想必很清楚，故事绝不可能就此结束。没错，的确如此。其实，前面的长篇大论不过是在为整个故事做铺垫。作者希望各位能着重关注接下来的发展，看看蒟屋精心策划的犯罪是如何被识破的。

　　负责这起案件的预审法官是著名的笠森法官。他不仅是普遍意义上的知名法官，还因别具一格的爱好广为人知。他是一名业余心理学家，当遇到无法用常规手段解决的案件时，最后他都会凭借丰富的心理学知识逐一侦破。但因资历尚浅，年纪尚轻，他目前只能委身于地方法院担任预审法官。起初，所有人都认为，只要将这起案件交到笠森法官手中，很快就会有结论。连笠森本人也这么认为。原本他打算像往常一样，先在预审阶段查清真相，等上了公开法庭，就能不费吹灰之力轻松结案。

　　但随着调查的不断深入，他逐渐意识到案件的难度超出了预期。警方直接认定斋藤就是凶手，而笠森法官也认为警方的判断合情合理。笠森对曾出入过老寡妇家中的人，包括借款人、租户、熟人，都进行了盘问，但并没有发现可疑人选。蒟屋清一郎自然也不例外。既然不存在其他嫌疑人，那也只能判定具有重大嫌疑的斋藤勇就是凶手。不仅如此，对斋藤最不利的是他天生怯懦的性格。出于恐惧，他无法在法庭上冷静地回答问题。头脑混乱的他不仅屡次推翻以往的陈述，连原本记得的事情也忘得一干二净，甚至还主动说出了许多对自己不利的证言。诸如此类的异常举动更加重了他的嫌疑。其实这也难怪，毕竟他确实偷了老寡妇的钱，难免心虚，若非如此，聪明的斋藤再怎么怯弱，也不至于做出此等愚蠢的事情来，他的处境着实令人同情。但笠森法官还不敢凭此断定他就是凶手，他认为斋藤顶多存在嫌疑，毕竟本人没有认罪，而警方也没有确凿的证据。

就这样，事情过去了一个月，预审迟迟没有结束，笠森法官也开始着急起来。恰在此时，杀人案所在辖区的警察局长向他提供了一条重大线索。事发当天，有人在老寡妇家附近的一个住宅区拾到一个装有五千两百多日元现金的钱包，拾到的人正是嫌犯斋藤的好友蓣屋清一郎。由于负责人的疏忽，到今天才注意到此事。丢失巨额现金一个多月，失主竟迟迟没有现身，未免有些蹊跷，为慎重起见，局长将此事报告给了法官。

原本已束手无策的笠森法官接到报告后，顿时像看到了一丝曙光，当即申请传唤蓣屋清一郎。尽管他满怀期待，最终却并未获得什么有价值的线索。当被问到在接受案件调查时，为何对拾得巨款一事只字不提，蓣屋答说没想到这跟杀人事件有关系。他的回答听起来十分合理。老寡妇的钱是在斋藤的腰带中发现的，至于其他钱财，尤其是路边拾得的现金，谁又能想到那是老寡妇财产的一部分呢？

但这些只是偶然吗？事发当日，第一嫌疑人的朋友蕗屋在案发地不远处拾得一笔巨款（根据斋藤的陈述，蕗屋也知道现金的藏匿位置），这真的只是偶然吗？笠森法官绞尽脑汁想找出二者的关联性。但遗憾的是，老寡妇生前没有记录钞票的编号，否则很容易就能知道这笔可疑的现金是否与这起案件存在关联。

"多小都行，只要抓住一条确切的线索，一切就能迎刃而解。"法官绞尽脑汁苦思冥想。他不厌其烦地查看现场，仔细调查老寡妇的亲戚关系，但仍旧一无所获。就这样，又浪费了半个月的时间。

笠森法官认为，现在只存在一种可能，那就是蕗屋偷走了老寡妇的一半钱财，将剩余的放回了原处。接着把偷来的钱放入钱包，将其伪装成失物。但真的有人做出这种荒唐的事情吗？警方对钱包进行过细致的调查，并没有发现任何线索。而蕗屋也镇定地解释过，当天散步的时候，他确实路过了老寡妇家门前。倘若他就是凶手，应该不会说出此等不利的证言。更重要的是，作案凶器依旧下落不明。警方搜查过蕗屋的住处，但没有任何收获。而斋藤的住处同样没有发现凶器，究竟谁的嫌疑更大？

目前没有发现任何确凿的证据。就像警察局长说的那样，越是怀疑斋藤，就越觉得他有嫌疑。但蕗屋也并非毫无嫌疑。现在唯一能确定的就是，经过这一个半月的详细调查，只有这两个人存在嫌疑。笠森法官已经无计可施，他决定使出最后的撒手锏，对这两名嫌犯施行从未失手的心理测试。

四

蒴屋清一郎在案发两三天后接受首次传唤时，便得知负责这起案件的预审法官是知名的业余心理学家笠森。他设想过自己可能面临的状况，也为此倍感担忧。但他无论如何也没想到，在日本竟可以凭法官的个人判断对嫌犯进行心理测试，所幸他先前阅读过一些相关书籍，对心理测试有较为细致的了解。

面对此等突发状况，蒴屋早已无心学习，只好对外谎称身体不适，终日待在出租房内，研究渡过难关的办法。就像先前研究杀人计划那样，不，甚至比那时更加谨慎。

至于笠森法官究竟会如何实施心理测试，根本无从预测。蒴屋只好努力回想以往掌握的测试方法，并逐一思考应对方案。但心理测试的最终目的在于揭穿嫌犯的谎言，所以从理论上讲，不可能再进行二次伪装。

蒴屋认为心理测试按性质可分为两大类：一种是单纯根据生理反应进行判断，另一种则是通过语言表述进行甄别。前者会对嫌犯提出许多与犯罪相关的问题，利用特定的设备记录嫌犯身体产生的细微反应，借此捕捉一些审问环节无法获取的真相。因为人虽然可以自主控制言语和表情，却无法掩盖神经产生的兴奋。

比如利用自动运动记录仪等仪器捕捉手或眼球的细微变化，利用呼吸记录仪测定呼吸的深浅快慢，利用脉搏记录仪测量脉搏的强弱快慢，利用体积记录仪测量四肢的血流量，利用电流计监测掌心细微的出汗情况，轻敲膝关节以确认肌肉的收缩状况，等等。

例如，如果突然被询问："你就是杀害老寡妇的凶手吧？"蓊屋虽有自信可以面不改色地反问："你这么说有什么证据？"但他无法保证脉搏不会异常加速，呼吸不会变得急促。这些真的无法避免吗？他设想了许多场景，并在心里反复测试。但出乎意料的是，不管自己的提问多么尖锐和意外，身体都不会出现任何异样的反应。当然，他身边没有可以测量的仪器，并不能完全肯定。但既然他丝毫感觉不到神经上的兴奋，那身体应该也不会有太大变化。

就这样，经过一系列的实验和推测，蓊屋心生一计：或许可以通过练习改变心理测试的结果。换而言之，面对相同的问题，练习的次数越多，神经的细微反应就会变得越弱。说白了就是让神经习惯某些场景。即便从其他方面考虑，这方案也十分可行。这就是为什么人对自己提出的问题没有反应，因为在提问前，心里已经有了准备。

于是，他逐一查看起《辞海》中的数万词条，挑选出可能会在审问中提及的词语，并花费一周的时间来"练习"自己对这些词语的神经反应。

第二种是语言测试法。这种方法无须担忧，毕竟只是一些词语，很容易蒙混过关。测试方法有很多，最常见的就是精神病分析专家常用的联想诊断法。测试者会依次说出类似"纸拉门""墨水""笔"这类看似毫无意义的词，并要求被试者即时说出自己联想到的词，中间不能有任何思考时间。例如，听到"纸拉门"可能会联想到"窗户""门槛""纸""门"等，答案没有限制，只需说出第一时间想到的词语即可。然后，测试者会在这些毫无意义的词语当中，不留痕迹地混入"小刀""血""钱""钱包"等与犯罪相关的词语，借此测试受试者的联想情况。

首先，对于此次的凶杀案，如果是心思不够缜密的人，在听到"盆栽"时，可能会下意识地回答"钱"。这表示受试者对藏在"盆栽"底下的"钱"印象最深刻，等于间接承认了罪行。但如果受试者心思够缜密，即便第一时间想到的是"钱"，他也会隐藏真实答案，回答"瓷器"等无关词语。

为避免受试者撒谎，测试者会采取两种方法加以确认。一种是等受试者回答完一轮词语后，过段时间再测试一次。如果受试者如实作答，前后两轮的答案不会有太大出入。但如果存在隐瞒，两份答案会明显不同。例如，对于"盆栽"一词，第一次回答"瓷器"，第二次却回答"土"。

另一种方法是借助某种精密仪器记录受试者从提问到回答所耗费的时间，根据答题耗时的长短，判断受试者的答案是否真实。例如，如果受试者听到"纸拉门"回答"门"的时间为一秒，而听到"盆栽"回答"瓷器"的时间却超过三秒（实际测试并没有这么简单），这表示该受试者刻意隐瞒了"盆栽"一词的联想词语，故意找了其他答案作为代替，所以耗费的时间更长。由此可以判断，这名受试者存在嫌疑。这种时间延迟不仅会出现在关键词语上，有时候也会出现在无意义的词语上。

另外还有一种方法，测试者会让受试者详细描述案发时的情况，并请他复述一遍。如果对方是凶手，在复述案件细节的时候，他会下意识地透露一些先前没有提到的信息。（对于熟悉心理测试的读者，请原谅我在此做出如此烦琐的介绍。可如若省略这些解说，部分读者会不得要领，实在是不得已为之。）

这种测试与前者十分相似，按理也需要进行相应的"练习"。但在蓑屋看来，保持真实、自然，不玩弄无聊的技巧才是最好的应对方式。

对于"盆栽"，直接回答"钱"或者"松树"反倒是最安全的做法。因为就算蓑屋不是凶手，也可以通过法官和其他途径，了解到案件的相关情况。而盆栽底下藏有现金一事，无疑是近期让他印象最深刻的事情。所以第一时间想到这些词语也是理所当然吧？（同理，就算被要求复述案发现场的情况也无须担心。）如此一来，唯一的问题就是反应时间了，这方面有必要多加"练习"。而且必须要练到一听见"盆栽"便能毫不犹豫地回答"钱"或"松树"才行。于是，他花了好几天的时间强加"练习"。就这样，一切准备就绪。

另外，蓑屋还发现一件对他有利的事情。有了这颗定心丸，即便被问到意料之外的问题，或是对已经预想到的问题给出了对自己不利的答案，也无须过多担忧。因为接受测试的不只有蓑屋，还有怯懦敏感的斋藤。即便斋藤没有杀人，在接受审问的时候，他也很难做到镇定自若吧？若不出意外，他至少会给出与蓑屋相似的答案。

想到这里，蓑屋总算放下了心中的大石，甚至愉快地哼起歌来。现在的他反而有些期待笠森法官的传唤。

五

　　至于笠森法官如何进行心理测试，神经质的斋藤作何反应，蒉屋又是如何沉着应对的，这里就不赘述了，我决定跳过烦琐的过程，直接进入结局部分。

　　心理测试的第二天，正当笠森法官坐在自家的书房里，看着整理好的测试结果犯难时，用人递来了明智小五郎的名片。

　　读过《D坂杀人事件》的读者应该对明智小五郎稍有了解。自那起事件后，他陆续参与处理了许多疑难杂案，并显露出了出色的推理才能，得到了专家与普通大众的认可。笠森法官也是在某起案件后与他熟络起来。

　　在女佣的带领下，明智笑嘻嘻地来到了笠森的书房。这起事件发生在《D坂杀人事件》的数年后，如今的他早已不是当年那个青涩的书生。

　　"你还挺勤快嘛。"

　　明智探头看着法官书桌上的资料说道。

　　"哪儿的话，不过这次是真的难办。"

　　法官转身看向明智回答道。

　　"还在为老寡妇的案子发愁吗？心理测试的结果如何？"

案发后，明智时不时会来找笠森法官，询问案件的进展。

"这个嘛，结果非常明显。"笠森法官说，"但我还是有些难以理解。昨天进行了脉搏测试和联想诊断，蓼屋几乎没有任何异常反应。虽然脉搏测试的结果存在一些疑点，但与斋藤的结果相比，算不上什么大问题。你看，这是问题列表和脉搏记录。从中可以看出，斋藤的反应明显异常，联想测试也是如此。看'盆栽'这个刺激性词语的反应时间就明白了，斋藤耗费的时间明显比蓼屋要长，足足用了六秒钟，而对于非关键字词的回答，蓼屋的反应时间反而更长一些。"

法官整理的联想诊断记录如下：

刺激性词语	蓼屋清一郎		斋藤勇	
	反应词	所需时间	反应词	所需时间
头	毛	0.9 秒	尾巴	1.2 秒
绿色	蓝色	0.7	蓝色	1.1
水	汤	0.9	鱼	1.3
唱歌	歌唱	1.1	女人	1.5
长	短	1.0	绳子	1.2
○杀人	小刀	0.8	犯罪	3.1
船	小河	0.9	水	2.2
窗户	门	0.8	玻璃	1.5
料理	西餐	1.0	刺身	1.3
○钱	纸币	0.7	铁	3.5
冷	水	1.1	冬天	2.3
生病	感冒	1.6	肺病	1.6
针	线	1.0	线	1.2
○松树	盆栽	0.8	树	2.3
山	高大	0.9	河	1.4
○血	流动	1.0	红色	3.9
新	旧	0.8	衣服	2.1
讨厌	蜘蛛	1.2	生病	1.1
○盆栽	松树	0.6	花	6.2
鸟	飞翔	0.9	金丝雀	3.6
书本	丸善	1.0	丸善	1.3
○油纸	隐藏	0.8	包裹	4.0
朋友	斋藤	1.1	聊天	0.8
纯粹	理性	1.2	话语	1.7
箱子	书箱	1.0	人偶	1.2
○犯罪	杀人	0.7	警察	3.7
满足	完成	0.8	家庭	2.0
女子	政治	1.0	妹妹	1.3
画作	屏风	0.9	景色	1.3
○盗窃	钱	0.7	马	4.1

※ 前面带有"○"标记的是犯罪相关词语。这次测试其实使用了上百个刺激性词语，并细分为两三组，逐一进行了测试。为了更易于理解，这里对表格内容进行了简化。

"你看，很明显吧！"法官等明智看完记录后说道，"从这个结果可以看出，斋藤在回答时刻意做了调整，最明显的就是反应时间太长，而且不只是关键词语，连后面的一两个词语也受到了影响。此外，他对'钱'的联想是'铁'①、'盗窃'的联想是'马'，这样的回答十分怪异。他对"盆栽"这个词语的反应时间最久，可能是为了避免回答"钱"和"松树"这两个词语吧。相对地，蓝屋的回答就自然多了。'盆栽'联想的是'松树'、'油纸'联想的是'隐藏'、'犯罪'联想的是'杀人'等，如果他就是凶手，这样回答未免也太低能了吧，他可是大学生，而且是才能出众的优等生。"

"也可以这么理解。"

明智若有所思地说道。但法官并没有注意到他意味深长的表情，继续说道：

"那这样基本就可以确定蓝屋没有嫌疑。至于斋藤是不是凶手，虽然测试结果十分明确，可我总觉得差点什么。虽然预审判决并不代表最终判决，到这一步也基本可以下定论了。可你也知道，我是个不服输的人。我可不想到时我的判断在公审法庭上彻底被推翻，所以我现在真的非常难办。"

"这份资料确实有趣。"明智边翻看记录边说，"蓝屋和斋藤应

---

① 因为钱在日语中写作"金"，亦有"金属"之意，所以斋藤才会联想到"铁"。

该都是勤奋好学的人，从他们对'书'这个词语一致联想到'丸善'①这一点就能看出。而且更有趣的是，蔀屋的回答较为物质和理智，而斋藤的回答偏向感性和抒情。例如，对"女子"这个词语，斋藤联想到的是和服、花朵、人偶、景色、妹妹等，他应该是个心思敏感的人。而且他的身体应该不太好，因为'讨厌'这个词语他联想到的是'生病'，而'生病'联想到的是'肺病'，这证明他很担心自己会得肺病。

"原来还可以这么理解，联想诊断这东西，确实越研究越能得出有趣的判断。"

"但是。"明智话锋一转，"你有没有想过，其实心理测试也存在弱点。犯罪学家德·吉洛许曾批判过心理测试的提倡者明斯特伯格，他认为这种方法虽然可以代替审问，但同样可能引发冤案，让真凶逍遥法外。明斯特伯格本人也曾公开表示，心理测试只能用来确定嫌疑人是否知道某些地点、人物和事物，用在其他方面会存在一定风险。在你面前说这些可能有点班门弄斧了，但这一点确实很重要，你觉得呢？"

"最糟糕的情况下，确实如此，这一点我也十分清楚。"

笠森法官略显不悦地说道。

"但这种最糟糕的情况现在就近在眼前。有没有这种可能？一个生性敏感的无辜男子被视为某起案件的嫌疑人，他在犯罪现场遭到逮捕，对犯罪事实也十分清楚。在这种前提下，他还能心平

---

① 以出售外文书和文具为主的店铺。

气和地接受心理测试吗？他肯定会想'他们在试探我，我要怎样回答才能摆脱嫌疑'，这是非常正常的反应。在这种情况下进行心理测试，很可能会引发德·吉洛许所说的'冤案'吧？"

"你说的是斋藤勇吧？其实这一点我也察觉到了，所以我才会犹豫不决。"

法官的神情越发苦涩起来。

"那么，假设斋藤无罪（虽然盗窃罪已经坐实），这时候杀死老寡妇的人会是谁……"

"都到这分上了，还可能有其他人吗？"

笠森法官暴躁地打断了明智的话语。

"没错。"明智笑嘻嘻地回答，"从这份记录来看，我认为凶手应该就是蕗屋，但还需进一步确认。他回家了吧？能否找个不易引起怀疑的理由让他来一趟，到时我一定能找到真相，你就拭目以待吧。"

"什么，你有确凿的证据吗？"

笠森法官惊讶地问道。明智脸上没有一丝得意之色，只是如实地表达了自己的看法。但笠森法官已经被他的推理深深折服。

于是，笠森法官应明智的请求，派人前往蕗屋的住处。

"您的朋友斋藤已被定罪，我们想找您了解一些相关情况，劳烦您来我的私人住处一趟。"

这是笠森法官邀请蕗屋时用的借口。当时蕗屋刚从学校回到住处，一接到消息便立马赶去了笠森法官家。即便是心思缜密的蕗屋，听到这个消息也难掩兴奋。他甚至都没有察觉到，等待他的是一个恐怖的陷阱。

六

笠森法官向蕗屋大致说明了判定斋藤有罪的理由后，接着补充道：

“真是抱歉，起初我还怀疑是你。今天找你来主要是想亲自向你道歉，顺便跟你好好聊聊。”

接着，笠森法官吩咐仆人为蕗屋端上一杯红茶，装作若无其事的样子闲聊起来。明智也加入了两人的谈话。笠森法官介绍说明智是自己认识的一名律师，受老寡妇的遗产继承人的委托，前来催收借款。当然这话有一半是瞎编的，但老寡妇的亲属经过商议，最终决定由老寡妇的乡下外甥继承遗产一事是真的。

三人以斋藤的事情为切入口，顺带聊起了其他话题。蕗屋也逐渐放松警惕，成了三人当中最健谈的那个。

不知不觉间，窗外的天色逐渐暗了下来。蕗屋注意到时候已晚，准备起身回家，于是说道：

“我也该告辞了，不知是否还有其他事情？”

“啊，差点忘记了。”明智若无其事地说，“其实还有一件小事，既然你来了，我想顺便确认一下……你是否记得老寡妇被害的房间里有一扇对折式的金色屏风？因为那上面有一道刮痕，现在引起了一些纠纷。其实那扇屏风并非死者的所有物，而是作为借款抵押物暂时放在那里。屏风主人认为刮痕是案发期间留下的，要求赔偿。但老寡妇的外甥跟她一样吝啬，坚称那道刮痕是原来就有的，怎么也不肯赔偿。其实也不是什么大事，原本不想提起。不过听说那扇屏风是件贵重物品，你先前经常出入老寡妇家里，说不定见过那扇屏风，所以我想问问你是否对刮痕的事情有印象。当然，你也可能压根没注意到。其实我也曾问过斋藤，但他实在太激动了，什么也问不出来。而女佣事发之后也回了老家，写信去问也没有回音，实在是伤脑筋……"

屏风确实是抵押品，但其他内容是明智瞎编乱造的。蒛屋在听到"屏风"二字时，心里下意识地咯噔了一下。

他按捺住紧张的情绪，听完明智的解释，这才安下心来，并在心里默默安慰自己：案子都已经结了，我没必要担心什么。

他思索了片刻，决定按照之前的思路，不加任何掩饰，如实地作答。

"法官先生应该很清楚，我只去过那间客厅一次，而且是在案发前两天。"

蒛屋笑着回道。他十分满意自己的沉着应对。

"但我对那扇屏风有印象，当时看到的时候，上面并没有刮痕。"

"是吗？你确定吗？那道刮痕就在小野小町的脸上，非常不起眼。"

"没错，我记起来了，"蒛屋装作刚想起来的样子说，"上面画着六歌仙的图案，我对小野小町也有印象。如果当时就有刮痕，我不可能没注意到。因为小野小町身上的颜色很鲜艳，如果有刮痕的话，一眼就能看出来。"

"到时能不能麻烦你帮我们出面做个证呢？那屏风的主人有些贪得无厌，非常难对付！"

"当然可以，只要你们需要，随时可以来找我。"

蒋屋得意地答应了自称律师的明智的请求。

"谢谢！"明智抓了抓那头蓬乱的头发，笑着说道。这是他高兴时的习惯动作。"其实我一开始就料到你肯定知道屏风的事情。因为在昨天的心理测试里，你对'画作'这个词语联想到的是'屏风'，这个答案十分特别。要知道，一般出租用的房子不会装饰屏风，而除了斋藤，你也没有其他关系要好的朋友。所以我猜想，应该是老寡妇家的屏风因某种理由给你留下了深刻的印象。"

蒋屋惊得说不出话来，正如这名律师所言。但他昨天为何会不小心回答"屏风"？而且不可思议的是，他至今毫无察觉，这非常危险，但他也说不清楚到底哪里危险。可案发时他仔细检查过那道刮痕，确定上面没有留下任何证据。没什么，不过是件小事……想到这里，他再次安下心来。

但他没有察觉到，自己犯了一个致命的错误。

"这样啊，我都没有注意到，确实如你所言，你的观察力真是敏锐啊！"

蒋屋坚持贯彻自然的应对思路，故作轻松地答道。

"哪里，我也是偶然注意到的。"自称律师的明智谦虚地说，"不过，我还发现了一件事情，其实也不是什么值得担心的大事。

昨天的联想测试中隐藏了八个关键词语，而你顺利地避开了这些词语，回答得十分完美。但凡有一点心虚，都不可能做到这一点。你看，就是做了标记的这八个词语。"明智说着，将记录表递到他面前。"尤其是你对这几个词语的反应时间，明显要比其他无意义的词语快一些，虽然差异十分微小。比如，'盆栽'联想到'松树'只花了 0.6 秒，这是十分罕见的直线反应。在这三十个词语里，联想最快的应该是'绿色'到'蓝色'之类的吧。可你这个词语花了 0.7 秒。"

蔀屋开始感到大事不妙，这个律师究竟绕着弯子想表达什么？

他到底是出于好意还是恶意？他该不会有什么特殊企图吧？蔀屋绞尽脑汁思考对方话语中的用意。

"无论是'盆栽''油纸''犯罪'，还是其他几个跟犯罪相关的关键字，都不可能比'头''绿色'这些普通词语更容易联想。但测试结果显示，你对这些词语的反应速度反而更快，这意味着什么？这就是我注意到的疑点。不如让我来猜猜你的想法吧？当然，这只是个助兴节目，如果我猜错了，还请见谅。"

蔀屋下意识地浑身一颤，但他也不明白自己为何会有这种反应。

"你应该十分了解心理测试的威胁性，所以提前做了不少准备。对于那些与犯罪相关的词语，你早就想好了答案。别误会，我绝对没有责怪你的意思。其实心理测试有时候非常不可靠，稍有差池，可能会造成冤案，令真正的罪犯逍遥法外。但你的准备实在太过充分，即便你不想回答得太快，身体的本能也会不自觉地出卖你，这是你计划上的严重失误。你只担心反应太慢，却忽略了反应太快带来的风险。当中的差距十分微小，观察力不够敏锐的人基本很难察觉到。但只要动过手脚，多少会留下痕迹。"这就是明智怀疑蒟屋的原因，"但你为什么会回答'钱''杀人''隐藏'这些会引起怀疑的词语呢？当然是因为你生性单纯。如果你就是凶手，在被问到'油纸'时，绝不可能回答'隐藏'，而你却能冷静地说出这些词语，说明你没有丝毫的心虚，我说得没错吧？"

蒟屋直直地盯着明智的眼睛。不知为何，他无法移开视线，脸上的肌肉异常紧绷，无法做出任何类似哭、笑、惊讶的表情。

当然，他也无法开口。此时若是逼迫自己说话，只怕会化作恐惧的尖叫声。

"这种故作天真、不加修饰的做法，正是你此次计划的精明之处。我早已看穿了这些，所以才会提出方才那些问题，说到这里你应该明白了吧？在问屏风的事情时，我就笃定你会如实作答，而你也确实没让我失望。但我想问一下笠森先生，那扇六歌仙的屏风是何时搬入老寡妇家中的？"明智故作不知地问道。

"在案发的前一天，也就是上个月的四号。"

"哦？案发的前一天，确定吗？那可就奇怪了，刚刚蒟屋先生不是明确地说，是在案发前两天，也就是4月3日那天在客厅见过屏风吗？那这也太蹊跷了，肯定是你们谁记错了吧。"

"那可能是蒟屋先生记错了吧。"法官意味深长地笑着说道。

"可以确定的是，直到4号傍晚前，那扇屏风一直放在原主人那里。"

明智饶有兴致地观察起蒟屋的表情。此时蒟屋的脸皱成了一团，像个随时要哭出来的小女孩。

这就是明智事先设计好的陷阱，他早就从笠森法官那里得知，案发前两天，屏风并没有搬进老寡妇家。

"那可就伤脑筋了啊。"明智故作困扰地说，"这可是无法挽回的大失误啊。你为何会看到本不存在的物品？事发当天你不是没去过老寡妇家吗？而且你还说清楚地记得上面的六歌仙图案，这更是致命伤啊。你可能是为了追求自然，无意间捏造了一个谎言吧？其实你在案发前两天拜访老寡妇家时，并没有留意客厅是否放有屏风。因为那东西跟你的作案计划没有任何关系，即便当时屏风就在那里，那种充满时代感的老旧物件，在众多家具中也并不显眼。而你在案发当日注意到了屏风，于是自然而然地认为两天前那东西也在。所以我故意顺着你的思路提问。这其实是一种错觉，我们在日常生活中也经常遇到这种情况。但一般罪犯不会像你一样如实回答，他们会想方设法地隐瞒事实。而你不一样，你比大多数法官和罪犯要聪明十几二十倍。换而言之，你认为在不触及底线的情况下如实作答会更安全，所以你故意反其道而行之。我只是将计就计，让你露出了马脚。你肯定没想到与这起杀人案毫无关联的律师，会设下各种陷阱套你说出实情吧？哈哈哈哈哈！"

蒋屋顿时脸色煞白，额头直冒冷汗，整个人陷入了沉默。事到如今，辩解只会让自己露出更多破绽。

他是个聪明人，他非常清楚方才的失言是一份多么有力的证词。从儿时到现在的经历快速地在他脑中闪过。

漫长的沉默降临。

"听到没？"过了许久，明智突然开口，"你听，是不是有沙沙作响的声音？其实从你一进门，就有人在隔壁悄悄记录我们的对话……喂，差不多可以了，把写好的拿过来吧。"

不一会儿，隔扇被轻轻推开，一名书生打扮的男子拿着一沓文件纸走了出来。

"麻烦你从头到尾念一遍。"

男子遵照明智的命令，从头开始读了起来。

"好了，蒋屋先生，请在这里签字盖章吧，按指印也可以。你不会拒绝吧？你刚才可是答应过我，可以随时为屏风的事情做证。虽然做证方式有些出乎你的意料。"

蒋屋十分清楚，这时候拒绝签名也无济于事，明智的推理已经无从推翻，他只好老实地在纸上签字盖章。此时的他已经彻底放弃，心如死灰地低垂着头。

"我之前也说过。"明智补充道，"明斯特伯格认为心理测试只能用来确定嫌疑人是否熟悉某个地点、人物和事物。就拿这次的案件来说，蒋屋先生是否见过屏风是解开谜团的关键。如果抓不住这个重点，做多少次心理测试也无济于事。因为我们的测试对象是蒋屋先生这种能预测我们的动向，并对此做好周密准备的人。然后，我还想重申一点，心理测试不一定非得按照书本提供的刺激性词语，并借助特定的仪器才能完成。就像刚才那样，我仅凭一段极其普通的对话，便达到了理想的效果。昔日那些知名的法官，像大冈越前守就曾在查案时使用过这种心理测试技巧，只不过他们不知道罢了。"

天花板上的散步者

TIANHUABAN
SHANGDE

BU

ZHE

SAN

一

兴许是患上了某种精神疾病吧，乡田三郎对任何游戏、工作、活动都提不起兴趣。在他看来，这世界简直毫无乐趣可言。

从学校毕业后——上学期间，他一年下来上课的次数也是屈指可数——他把所有看似能胜任的工作都试了个遍，但还是没能找到一份值得他奉献一生的工作。或许这世间根本就不存在能令他称心如意的工作吧。长至一年，短至一个月，他不停地换着工作，最后因为看不到希望无奈放弃，过起了游手好闲、百无聊赖的生活。

娱乐方面亦是如此。纸牌、台球、网球、游泳、登山、围棋、象棋乃至各种赌博，他把所有像样的游戏玩了个遍，甚至还买了套《娱乐百科全书》，把书中列举的玩法逐一试了一遍。但还是跟工作一样，他无法从中感受到任何乐趣，最终以失望收场。这时候各位读者肯定会说，这世上不是有"女人"和"酒"这两种男人毕生都不会感到厌烦的极致娱乐吗？但不可思议的是，这位乡田三郎对二者毫无兴趣。兴许是酒精过敏，他滴酒不沾。至于女人，他倒也不是毫无欲望，其实他也流连过花街柳巷，但肉体的放纵并不能让他真正感受到活着的意义。

"与其在这个无趣的世间苟且地活着，不如早些死了算了。"

于是，他萌生了自杀的念头。但精神世界再空虚，他也依然具备惜命的本能，所以二十五岁的他尽管每天把"自杀"挂在嘴边，却始终没有勇气，依然庸庸碌碌地苟活在这世间。

父母每个月都会给他寄生活费，因此即便不工作，他也无须为生活发愁。或许正因为如此，才造就了他游手好闲的性格。他每天都在绞尽脑汁思考，要如何用这笔钱让自己的生活变得更有趣些。比如，他会频繁更换住处，就像换工作和玩游戏一样。说得夸张点，整个东京的出租屋都被他住了个遍。他通常只住一个月或半个月，便匆匆搬往别处。有时，他会像流浪汉一样四处游荡，抑或是模仿世外高人，隐居深山。但对于习惯了城市生活的他来说，僻静的乡下无法久居，有时本想出门走走，无意间又被城市的灯光和人群吸引，再次回到东京。然后又开始频繁搬家的生活。

近日他搬入了一处名叫"东荣馆"的出租楼内。这是一栋连墙壁涂料都还没完全干透的新建楼房。在这里，他发现了一个前所未有的新乐趣。而本次要讲述的就是一起围绕该新发现引发的杀人事件。在进入正题前，我有必要稍微介绍一下主人公乡田三郎与业余侦探明智小五郎——想必大家都听过这名字吧——的相识经过，以及乡田三郎在此前从未关注的"犯罪"领域找到新乐趣的契机。

两人最初在某间咖啡厅偶遇，由于同行的友人认识明智，于是将他介绍给了乡田。当时，乡田被明智睿智的容貌与得体的谈吐所吸引，后来频繁找借口拜访他。而明智也时不时来乡田家做客，两人就这样慢慢熟络起来。也许，明智只是对乡田的病态性格——作为研究对象——感兴趣吧。每当明智讲起扣人心弦的犯罪故事时，乡田都会在一旁听得津津有味。

例如杀死同事，将尸体丢入实验室的火炉里烧成灰烬的韦伯斯特博士[1]的故事；精通多国语言，在语言学上有重大突破的尤金·阿兰[2]的故事；人称"保险恶魔"，同时又是优秀文艺批评家的温莱特[3]的故事；为了治疗岳父的麻风病，不惜剜下小孩屁股上的肉煎熟入药的野口难三郎[4]的故事；与多名女子成婚，后将其逐一杀害的蓝胡子兰德鲁[5]的故事；阿姆斯壮[6]的故事；等等。这些残忍的犯罪故事为乡田三郎百无聊赖的生活注入了一丝活力。在明智绘声绘色的讲述下，那些犯罪故事如同色彩斑斓的画卷，带着深不可测的魅力，栩栩如生地呈现在乡田眼前。

在认识明智后的两三个月时间里，乡田几乎已经忘记了这世间的无聊，他购买了大量与犯罪相关的书籍，每日忘我地沉浸在书本的世界里。这些书中包括爱伦·坡[7]、霍夫曼[8]、加博里欧[9]、伯

---

①约翰·怀特·韦伯斯特（John White Webster），美国的著名罪犯，于1842年杀害了他的同事乔治·帕克曼，最终被判绞刑。

②尤金·阿兰（Eugene Aram），英国史上著名的杀人犯。担任过某学校校长和语言学校的教授，为了钱财伙同好友残忍杀人。

③托马斯·格里菲斯·温莱特（Thomas Griffiths Wainewright），英国历史上著名的文人，同时也是集作家、画家和罪犯于一身的传奇人物。

④野口难三郎，因臀肉事件在日本轰动一时，因迷信臀肉有类似兴奋剂的效果，于是残忍杀死一名孩童。

⑤亨利·德西雷·兰德鲁（Henri Desire Landru），法国的著名连环杀人犯，曾诱骗多名女性回家并将其杀害。

⑥哈伯特·劳斯·阿姆斯壮（Herbert Rouse Armstrong），英国退役少校兼律师。用砒霜前后杀死数人，后被执以绞刑。

⑦埃德加·爱伦·坡（Edgar Allan Poe），19世纪美国诗人、小说家和文学评论家，开创了现代侦探推理小说的先河。

⑧恩斯特·狄奥多·阿玛迪·霍夫曼（Ernst Theodor Amadeus Hoffmann），德国短篇故事作者及小说家，其杰出的著作具有怪异的风格。

⑨埃米尔·加博里欧（Etienne Émile Gaboriau），法国推理小说家，有"法国推理之父"之称。

瓦戈比^①及其他各种推理小说。"啊，这世间竟有如此有趣的事情！"每当他翻阅完书本的最后一页，都会不禁如此感慨。可以的话，我也想像犯罪故事里的主人公那样，亲自去体验那些精彩刺激的游戏——他甚至产生了这种疯狂的想法。

但那也只是想想，乡田可不想成为法律上的罪人。他还没有勇气无视双亲、兄弟、亲朋好友的悲叹与辱骂，全身心地沉浸在犯罪的快乐中。通过分析书里的犯罪故事，乡田惊奇地发现，无论是多么巧妙的犯罪计划，都必定存在破绽，而那些破绽最终会成为破案的切入口。想一辈子躲过警察的追捕，除了极少数的特例，基本不可能实现。这就是他害怕的地方。不幸的是，他对世间的一切都提不起兴趣，却唯独对"犯罪"情有独钟。而更加不幸的是，因为害怕被发现，他始终没有勇气去实施"犯罪"。

于是，将所有收集来的书本读完后，乡田开始尝试模拟"犯罪"。毕竟只是模拟，完全不用担心会受到法律的制裁。接下来列举几例作为参考。

乡田对曾经感到厌烦的浅草重新燃起了兴趣。因为浅草游乐园像是在一地凌乱的玩具上泼洒了色彩浓烈的颜料，对于犯罪爱好者而言，那是不可多得的绝妙舞台。他喜欢钻进表演小屋间勉强只能容纳一人的狭窄过道里，或是在公厕后宽敞到超乎想象的空地上徘徊。然后模拟罪犯与同伙通信的场景，用白色粉笔在墙上留下箭头标记。看到有钱的路人时，他会将自己想象成扒手，紧跟在那人身

---

① 伯瓦戈比（Fortune du Boisgobey，1821—1891），早年的法国推理小说家，著有《母夜叉》等。因年份较早，现存中文译本十分稀少。

后。或者将写有暗号的纸条——内容通常跟恐怖杀人故事有关——塞进公园长椅木板间的缝隙里，然后自己躲到树荫下，等着路人来发现。他策划过很多诸如此类的游戏，并且乐在其中。

此外，他还经常乔装打扮，在各街区间游荡。他时而打扮成工人，时而打扮成乞丐，时而打扮成学生。但在所有乔装游戏中，男扮女装最能满足他的病态欲望。为此，他不惜变卖衣物、手表等值钱物品，只为购置昂贵的假发与女人的二手服饰。等他大费周章地将自己打扮成理想的女性形象后，他会披上一件外套，趁着夜深人静离开出租屋，等到了合适场所再脱下外套。有时他会去僻静的公园闲逛，或是钻入即将散场的表演小屋，故意坐在男性席位上，玩一些极具挑逗意味的恶作剧。变装容易使人产生错觉，他会将自己当成妲己阿百①或是蟒蛇阿由②，通过幻想自己无情玩弄世间男子的场景，从中获取快感。

这种形式的模拟"犯罪"不但能从某种程度上满足他的欲望，有时还会引发一些有趣的小插曲，这令他倍感兴奋。但模拟终究是模拟，虽然没有任何风险——从某种层面来说，"犯罪"的魅力恰恰建立在风险之上——但也缺乏趣味性，很难持续为他带来快感。过了三个月，他逐渐对这种娱乐方式失去了兴趣。而对于那个曾令他感到着迷的业余侦探明智，他也很少再去拜访了。

---

①江户后期说书故事中杜撰的毒妇，被评为江户时代宝历年间的最毒恶女，频繁出现在歌舞伎、小说、杂谈等故事中。

②出自日本明治时期的歌舞伎剧本《蟒蛇阿由》（原名《蟒于由曙噂仇讨》，1866年初次上演），讲述了阿由利用色相为夫报仇的故事。

二

通过上述介绍，想必各位读者已经对乡田三郎与明智小五郎之间的关系，以及乡田"痴迷犯罪"的怪癖有所了解。好了，言归正传，接下来继续讲述乡田三郎究竟在东荣馆这座新建的出租楼里发现了怎样的乐趣。

东荣馆刚建成不久，乡田便以第一批住户的身份，迫不及待地搬了进去。当时距离他认识明智已经过去一年有余，曾经令他欲罢不能的模拟"犯罪"早已在他心中激不起一丝涟漪，可他又找不到可以替代的娱乐游戏，只得每日在无趣的漫长时光中苦苦煎熬。刚搬进东荣馆时，他结交了一批新朋友，多少能为他排解些许烦恼。但人这种生物实在是无趣！无论走到哪里都一样，大家只会用相同的表情与相同的话语，传递相同的见解，反复如此，毫无新意可言。好不容易换了一个新住处，结识了一批新朋友，结果还不到一星期，他便再次坠入无趣的深渊中。

就在他搬入东荣馆大约十天后，无聊之余，他陡然发现了一件趣事。

他的房间位于二楼，廉价的壁龛旁摆放着一个壁橱，壁橱顶部靠近天花板，底部紧挨着地板，中间的位置横着一块结实的层板，将壁橱分为了上下两层。他在下层放了几个行李箱，上层放了些被褥。每天晚上睡觉前，他会将被褥全部取出，铺在房间正中央的榻榻米上。某日他突发奇想，不如直接将被褥铺在壁橱的上层，累了就直接爬进去休息。他以往租住的房间也配备过类似的壁橱，但要么墙壁太脏，要么天花板结满蜘蛛网，让他丝毫没有想躺进去的欲望。但这儿的房间刚建不久，壁橱内非常干净，天花板一尘不染，淡黄色的墙壁光滑整洁，不见半点儿污垢。兴许受层板设计的影响，整个壁橱如同轮船上的卧铺，令他产生了想躺上去体验一把的冲动。

于是，他当晚便睡进了壁橱。这栋公寓的每个房间都可以从内部上锁，不用担心女佣会突然闯入，他完全可以安心地享受怪异行为带来的刺激感。但尝试一次后，他发现壁橱里超乎想象地舒服。铺上四床被褥，惬意地往上一躺，盯着上方两尺远的天花板，那种感觉十分奇妙。如果把壁橱拉门关上，看着从缝隙间透过的丝丝光线，他会感觉自己仿佛化身为推理小说的主人公，内心燃起一股难以言喻的兴奋感。若将拉门推开一些，透过缝隙窥探房间，他又感觉自己像一个伺机作案的窃贼……诸如此类的幻想场面，给他带来了无尽的刺激感。有时，他会大白天钻进壁橱，在一间[①]三尺长的长方形空间里，惬意地抽着最爱的香烟，任由思绪在漫无边际的遐想中遨游。此时大量白烟从壁橱的缝隙间溢出，如同着火了一般。

---

① 一间约等于 1.82 米。

　　但是，这种怪异的行为持续两三天后，他又发现了另一件有趣的事情。凡事只有三分钟热度的他，到了第三天便对壁橱里的床铺失去了兴趣。由于实在太过无聊，他开始在墙壁和伸手可及的天花板上玩起了涂鸦。无意间，他发现头顶上方的一块天花板有些松动，像是忘记钉钉子似的。出于好奇，他试着伸手推了推，虽然能往上推动，但只要一松手，木板又会变回原样，像是装了弹簧一般。兴许是木板上方压了什么重物吧。

　　真是怪事，说不定天花板上藏着某种生物，比如体形巨大的青蛇之类。想到这里，乡田顿时感到后背发凉，但这时候仓促逃走未免也太无趣了。他再次伸手推了推，这次他不仅感觉那块木板很沉，而且每往上用力一次，都会听到物体滚动发出的沉闷声响。他越想越觉得奇怪，索性下定决心，用力往上一推。就在木板被推开的瞬间，天花板上发出"咔啦咔啦"的声响，有什么东西从上方掉了下来。幸好乡田机智地闪到了一边，不然肯定会被砸成重伤。

　　"什么啊，真无聊。"乡田本以为会有什么特别的物体掉落，但看清那东西的面目后，他顿时像泄了气的皮球。那不过是一堆腌咸菜用的石块罢了。但仔细想想，这也不是什么稀奇事，应该是电工为了方便钻进天花板维修特意留下的通道吧。至于上面的石块，应该是为了避免老鼠钻进壁橱吧。

　　想来真是滑稽。不过也正因为这段小插曲，乡田三郎发现了一个无与伦比的乐趣。

　　他盯着头顶豁开的漆黑缺口看了许久，那里宛如一处洞穴的入口。在与生俱来的好奇心的驱使下，他战战兢兢地将头伸入洞口，打探起了天花板上的情形。由于当时是早上，阳光恰好照射在屋顶上，无数光线透过木板缝隙洒入天花板上的空间内，把里面照得十分亮堂。

首先映入眼帘的是纵向延伸的粗壮正梁，乍看之下，那玩意儿如同一条盘踞在天花板上的巨蛇。虽说这里还算亮堂，但毕竟是在天花板上，能见度十分有限。由于这栋建筑整体呈狭长的长方形结构，与普通楼房相比，配置的正梁要长出许多，在那种模糊不清的环境下，更给人一种无限延伸的错觉。除此之外，还有许多朝正梁两侧垂直延伸，如同巨蛇的肋骨般，沿着屋顶斜面向外伸展的椽木。光是描述到这里，就已经足够壮观了。为了加固屋顶，椽木上还垂下无数根细木条，乡田三郎顿时有种仿佛置身于钟乳石洞中的错觉。

"真是太壮观了！"

粗略地查看完天花板上的景象后，乡田下意识地感叹道。病态的他对世人普遍认可的爱好兴致索然，反倒对常人不屑一顾的事物怀有异常浓烈的兴趣。

自那以后，乡田开始了天花板上的散步。不分昼夜，只要一有空，他就会像一只偷腥的猫，蹑手蹑脚地穿梭于梁木之间。所幸这栋楼房刚建成不久，天花板上没有蜘蛛网，也没有积攒煤灰和尘埃，甚至连一粒老鼠屎都没有。他丝毫不用担心弄脏衣物和手脚，只需穿一件衬衫，便可以随心所欲地在天花板上穿梭。当时正值春季，天花板上的温度不冷不热，十分舒适。

三

东荣馆为建筑物中常见的"回"字形结构，房间整齐地排列在中央庭院的外围。因此，天花板也呈相同的构造，没有终点。乡田三郎以自己房间的天花板为起点，环绕一周后又可以回到自己房间的正上方。

天花板下的房间被坚固的墙壁分隔开来，每扇房门上都配有结实的金属门锁。但如果爬到天花板上方，就会进入一个完全开放的空间，可以随意走到任何一个房间上方。许多房间的天花板上都留有像乡田房间那样的活动木板，上面用一块石头压着。若谁有意行窃，完全可以通过那里自由出入他人房间。但如果从走廊潜入，必然要承担巨大的风险。正如前面所言，整个东荣馆呈"回"字结构，无论走到哪里，都很容易被人看到，说不定还会碰到其他住户或女佣。但如果从天花板下手，就可以省去这方面的担忧了。

此外，在天花板上还可以随意窥探别人的隐私。虽说是新建房屋，但毕竟是出租用的廉价公寓，天花板上到处都是缝隙。在房间内可能很难注意到，但在昏暗的天花板上会发现，这些缝隙宽到超乎想象。有时，甚至还能在天花板上发现一些小孔。

发现天花板这个不可多得的舞台后，乡田三郎内心平息已久的犯罪嗜好再次涌动起来。在这个特别而新奇的舞台上，一定能进行比以往更新奇刺激的模拟"犯罪"。想到这里，他顿时喜不自禁。为什么之前没发现身边藏着这么有趣的地方呢？像怪物一样在黑暗的世界里游走，逐一窥探东荣馆二楼近二十名房客的秘密。光是这样，就足以令他欣喜若狂。此时的他久违地感受到了活着的意义。

为使"天花板上的散步"更具趣味性，他不忘先将自己打扮成罪犯的样子。他穿上深褐色毛织衬衫，搭配相同颜色的裤子——可以的话，他更想穿上曾经在活动照片中见过的女贼普洛蒂亚①的同款黑色衬衣。可惜他没有同款衣服，只好用其他款式作为代替——再穿上日式短布袜，戴上手套——虽然天花板上的木材十分粗糙，根本不用担心留下指纹——他本想装备一把手枪，奈何没有这款道具，只好改用手电筒。

不同于白天，深夜的天花板上仅有微弱的光线洒入，基本无法看清一寸开外的事物。乡田只好屏住呼吸，沿着正梁小心翼翼地往前走着。他感觉自己如同一条盘踞在粗壮枝干上的蛇，浑身散发着阴森恐怖的气场。但不知为何，这种感觉令他兴奋到浑身发抖。

就这样，他怀着难以按捺的激动心情，连日上演着"天花板

---

①法国导演维托林－西伯里·加塞（Victorin-Hippolyte Jasset）执导的电影《普洛蒂亚（Protea）》（1913 年上映）中的女主角，时常穿一身黑色紧身衣，在黑暗中飞檐走壁，是荧幕中最早的超级女英雄。

上的散步"。这期间，他窥见了许多意料之外的事情，这令他喜不自禁。若是将这些逐一列举出来，恐怕能编成一部小说。可惜这些内容与本故事的主线没有直接关联，这里就不一一赘述，姑且列举两三例作为参考吧。

从天花板往下窥探究竟是怎样一种奇特的感受？恐怕只有亲身经历过的人才能理解。即使下面没有发生什么特殊事件，光是看着他们在自以为四下无人的空间里本性毕露的样子，就已经足够有趣。仔细观察会发现，有些人在朋友面前与独自一人时的举止表情截然不同。这个发现令乡田倍感惊讶。此外，不同于平日的水平视角，从上往下俯视会让原本熟悉的人与事物变得格外陌生。映入眼帘的只有人的头顶与肩膀、书柜、桌子、衣橱、火炉等朝上的一面。墙壁几乎无法看见，整个视野背景被地面的榻榻米填满。

即便是风平浪静的日子，也能通过这种方式，观察到天花板下滑稽、悲惨或令人瞠目的画面。平日四处发表反资本主义言论的上班族，在独自一人的时候，会反复从公文包中拿出刚收到的升职令，不厌其烦地盯着那份文件暗自窃喜。平日打扮得光鲜体面，借此炫耀自身财富的市场投机商，每晚在睡觉前，会像个女人一样将白天穿着的精致华服小心地叠放在被褥下，只要发现一丁点儿污渍，他都会小心翼翼地用舌头将其舔舐干净——据说衣物上的微小污渍用舌头舔舐是最理想的清洁方式。脸上长满青春痘的某大学棒球选手，表面是个健硕的运动青年，私下却怯懦扭捏。他数次将写给女佣的情书放在晚餐的托盘上，随后又改变主意收回，反复如此，举棋不定。甚至还有住户大胆召妓，在房内上演不宜描述的香艳戏码。这些乡田都可以肆无忌惮地窥探个够。

后来，乡田又对房客间的感情纠葛感兴趣起来。他发现很多人都是变脸高手，当面有说有笑，一转身回到房间，便像是有深仇大恨似的恶语咒骂对方。有些人深谙处世之道，无论走到哪儿，都喜欢说些客套的场面话。一到背地里，却又冷言讥讽。但在乡田看来，当中最有意思的还要数二楼的一名美术系女学生。那名女学生上演的岂止是"三角恋"，与她交往的男生足足有五六个。这段复杂的关系被乡田尽收眼底，竞争者们却浑然不觉，至于女生的真实想法，也只有身为局外人的"天花板散步者"乡田清楚答案。童话故事里经常出现一种叫"隐身斗篷"的东西，天花板上的乡田正像是披上了隐身斗篷的透明人。

若是能掀开他人房间的天花板，潜入房间制造一些恶作剧，想必会更有趣吧？可乡田没有那个勇气。这里每隔三个房间，天花板上就有一块与乡田房间相同的活动木板，并同样被石块压着。要侵入他人房间并非难事。但问题在于无法掌握屋主回家的时间，加上窗户全都安装着透明玻璃，很容易被屋外的人发现。而且，要掀起天花板钻入壁橱，再推开壁橱拉门潜入房间，完成计划后再原路返回自己房间，整个过程不可能没有半点儿声响。若是被走廊上或隔壁的住户发现，后果会不堪设想。

那是某天深夜发生的一段小插曲。当时乡田刚完成一轮"散步"，正打算沿着梁木小心翼翼地挪回自己房间。途中他无意间发现，隔着中庭与自己房间正面相望的那间房间的天花板上有一个直径约两寸的云形节孔，孔中溢出丝丝光线。乡田好奇地打开手电筒看了看。原来那是木头上的一处稍大的木节，其中一半已经脱落，只剩一小半勉强留在上面，使得这处木节没有完全化作节孔。但剩余的一半也已经摇摇欲坠，只要稍微一抠，便能将其取出。乡田通过其他缝隙往底下看了看，确认下方的房客已经睡着后，他花了好一些时间小心翼翼地将那块木节抠了下来。乡田惊讶地发现，抠出来的节孔恰好呈酒杯状，越往下空间越窄。若是将木节放回原位，也能平稳地卡在洞口，不至于滑落。而且谁也不会注意到天花板上竟有这么大一个节孔。

真是天助我也！乡田怀着感慨的心情透过节孔窥探起下方的情况。不同于其他细长窄小的缝隙，这处节孔最窄的位置直径也至少有一寸，很容易便能看清房内的景象。于是，乡田忍不住仔细观察起下面房间的布局。出乎意料的是，这房间的主人竟是东荣馆房客中最令乡田反感的齿科医学院毕业生远藤，他目前正在一个牙科诊所担任助手。此时的远藤在节孔的正下方呼呼大睡，那张呆板沉闷的脸更令乡田感到心头作呕。从房间的摆设来看，他的性格极其刻板，房内的每一样东西都收拾得井井有条。桌面文具的位置、书柜书本的排序、被褥的铺法、枕边造型奇特的进口闹钟、漆器香烟盒、彩色玻璃烟灰缸等，每个细节都在证明房间主人是个有重度洁癖、每餐饭后必须要用牙签剔牙的神经质男人。远藤的睡姿也十分规矩，但与这一切格格不入的是，他正张着大嘴，发出雷鸣般的鼾声。

乡田皱起眉头，用嫌弃的眼神望着远藤的睡脸。这家伙的长相姑且还算端正，或许正如他本人吹嘘的那般，他平日很受女性欢迎。但那张脸着实好像一张马脸。他头发浓密，脸形偏长，额头较窄，眉毛粗短，眼睛细长，眼角长有皱纹，给人一种面带微笑的错觉。他还长着长长的鼻子和大得出奇的嘴巴。乡田实在看不惯那张大嘴。他的上颚和下颌明显向外突出，两瓣肥厚的嘴唇呈暗紫色，与苍白的脸色形成鲜明的对比，而且总是张开着。他似乎患有肥厚性鼻炎，鼻子总是堵着，只能靠那张大嘴呼吸。睡觉时发出的鼾声想必也是鼻炎所致。

乡田平日光是见到远藤那张脸，都会觉得背后像是有无数只虫在爬行。此刻看着他那张呆板的脸，他更是恨不得挥上一拳。

四

盯着远藤的睡脸看了一会儿，乡田突然心生妙计。如果从节孔处往下吐口水，应该会不偏不倚地掉进远藤张开的大嘴里吧？因为节孔恰好位于那张嘴的正上方，仿佛量身定做的一般。在好奇心的驱使下，乡田抽出内裤上的细绳，将绳子穿过节孔垂到下方。接着像瞄准枪支准星那般，试着朝下看了看。这是何等奇妙的巧合！细绳、节孔与远藤的嘴巴竟然恰好在一条直线上。也就是说，只要从节孔往下吐口水，就一定会掉进远藤的嘴里。

但乡田也只是想想，不可能真的这么做。然而，就在他将节木放回原位，打算离去之际，一个可怕的念头闪过脑海。在昏暗的天花板上，他被自己的这种念头吓得脸色发白，身体止不住地颤抖。因为他想借此机会杀死和自己无冤无仇的远藤。

他跟远藤并没有什么深仇大恨，实际上，他们相识也才不足半月。由于两人刚好在同一天搬进东荣馆，当时出于礼貌，相互拜访过两三次，并没有很深的交情。至于乡田为何会产生杀死远藤的念头，正如前面提到的那样，他十分看不惯远藤的容貌和言行举止，总会恨不得想揍他一顿。但乡田萌生杀意的主要动机并不在于对象本身，而是源于他对杀人行为的异常痴迷。正如前面提到过的那般，乡田的精神状态异于常人，他患有严重的犯罪癖。而对乡田来说，最刺激的犯罪是杀人，所以他产生这种想法绝非偶然。此前他也不时会萌生杀人的想法，但因为害怕罪行败露，迟迟不敢行动。

但这次情况不同，即便杀死远藤，也完全不会引起怀疑，更不用担心被发现。只要不危及自身的生命安全，杀死一个素不相识的陌生人又如何，乡田毫不在乎。相反，杀人手法越是残忍，就越能满足他变态的欲望。至于他为何如此笃定杀死远藤绝对不会被发现——至少乡田对此深信不疑，原因在于他与远藤之间发生的一段小插曲。

搬来东荣馆四五天后，乡田与刚认识的房客去了附近一家咖啡馆打发时间，当时远藤也碰巧在场。三人坐在同张桌子前喝起酒来——不擅长喝酒的乡田点了杯咖啡——酒过三巡后，三人带着愉快的心情准备结伴返回公寓，谁知略有醉意的远藤半强硬似的将两人邀请到了自己房间做客。他独自一人闹腾到半夜，还使唤女佣为他送来茶水，接着又谈论起在咖啡厅未讲完的恋爱话题——乡田就是从那晚开始对他心生厌恶——远藤舔了舔自己红肿的嘴唇，得意扬扬地讲道：

"我曾经差点跟一个女人殉情，当时我还在上学。你们也知道，我读的是医学院，弄点药品并非难事，于是我弄来了一些吗啡，剂量刚好够我们俩毫无痛苦地死去。可你们猜怎么着，我们后来一起去了盐原①。"

---

① 位于枥木县东北部，是有名的温泉乡与观光地。

说着，他摇摇晃晃地走到壁橱前，打开推拉门，从其中一个行李箱底部取出一个只有小拇指大小的褐色瓶子，伸到两名听众眼前。透过容器壁可以看到，瓶底有些许闪亮的粉末。

"就是这个！只需要这么一丁点儿，便足够让两个成年人丧命……不过这事儿你们可别说出去。"

接着，远藤又滔滔不绝地讲述起了自己的恋爱故事。乡田此刻想起的正是远藤展示过的那瓶毒药。

"从天花板的节孔滴下毒药，将对方杀死！这是何等异想天开的杀人手法，简直是完美犯罪啊！"

想到这个计划的瞬间，乡田激动到难以自控。仔细想想，这个计划虽然完美，但实施起来并非易事，况且还存在其他更简便的杀人手法。可此时的乡田已经完全被突如其来的灵感所吸引，再无闲暇去想其他可能。他已经开始在脑中构思实施计划的各个步骤。

首先，必须要把毒药偷出来。这并非难事。只要去远藤的房间假装找他聊天，他中途肯定会上厕所或因其他要事暂时走开，只要趁这期间从行李箱内把装有毒药的褐色瓶子偷走即可。远藤不可能每天检查行李箱，至少两三天内他不会注意到这事儿。即便发现了，私藏毒药本身就是违法的行为，他必定不敢声张。而且只要我足够小心，他根本不会发现是我偷走的。

或许有读者会问，为什么要这么麻烦，直接从天花板潜入房间不是更省事吗？不，这样太危险。正如前文提到的那样，我不清楚远藤何时回屋，屋外的人也可能透过窗户看到我的作案过程。

最重要的是，远藤所住房间的天花板是完全钉死的，并没有可供出入的通道。总不能冒着风险撬开天花板潜入远藤房间吧？

等毒药到手后，接下来只需要用水将粉末化开，滴入远藤因鼻炎一直张着的大嘴里即可。乡田唯一担心的是，远藤能否顺利地咽下这些毒药水。但这点也问题不大，因为粉末剂量极少，只要调得浓一些，几滴便足够了。趁他熟睡的时候下手，绝对不会被发现。即便远藤察觉到了，也来不及将药水吐出。此外，乡田也知道吗啡是一种味道极苦的毒药，但好在剂量极少，只要在里面加入一些砂糖，便可万无一失。谁也想不到天花板会滴下毒药吧？在短短的一瞬间，远藤自然也不可能察觉。

但问题是，这些毒药真的能发挥作用吗？对于远藤的体质来说，这个剂量是过多还是过少？万一到时只会让他感到痛苦，并不能杀死他怎么办？即便发生这种意外，对乡田也不会造成任何威胁。因为节孔已经被盖回原样，天花板上还未积累灰尘，不会留下任何痕迹。加上当时戴了手套，无须担心指纹的问题。即便被发现毒药是从天花板滴下的，也没人知道是谁干的。周围人都知道，乡田与远藤刚认识不久，两人并没有什么过节，自然不会怀疑到他头上。至于远藤——其实没必要考虑这么多——当时他正在熟睡中，根本无法判断毒药滴落的方向。

这就是乡田在天花板上以及回到房间后琢磨出的一套完美方案。相信敏锐的读者已经有所察觉，即便上述计划顺利实施，也依然存在一个致命的破绽。但不可思议的是，在正式动手前，乡田丝毫没有意识到这一点。

五

四五天后，乡田找了个合适的时机拜访远藤。毫无疑问，在这四五天的时间里，他将计划反复斟酌了数遍，最终得出了"安全可行"的结论。此外，他还补充了一些新的细节，其中包括毒药瓶的处理方法。

若能成功杀死远藤，他打算将瓶子从节孔扔进房间。这样对他有双重好处。首先，他可以省去藏瓶子的烦恼，毕竟那东西一旦被发现，必定会成为重要的线索。其次，如果死者身旁掉落着毒药容器，容易营造出一种自杀的假象。而且，先前与乡田一起听远藤吹嘘恋爱经历的男子必然会出面做证说这是远藤的物品。另外，还有一件事对乡田十分有利。远藤每晚必须要将门窗牢牢锁好才能安心入睡。房内和窗户都会从内部锁死，外人绝对无法进入房间。

到了实施计划那天，乡田凭着超乎寻常的忍耐力，与令他作呕的远藤闲聊了许久。谈话期间，他总忍不住想透露杀意，借此吓吓远藤，好在最终他克制住了这种危险的冲动。"这两天我会神不知鬼不觉地杀死你，你能像个女人一样喋喋不休的时日不多了！赶紧趁现在说个痛快吧……"乡田望着对方不断嚅动的厚嘴唇，暗暗想着。一想到这个男人不久后就会变成一具苍白浮肿的尸体，他便兴奋难耐。

　　果然如乡田预想的那样，过了一会儿，远藤便起身要去上厕所。此时已经是晚上十点左右，乡田警惕地打量四周，确认玻璃窗外也无人经过后，才轻手轻脚地快速打开壁橱，从行李箱中找出了毒药瓶。乡田先前就留意过毒药瓶的位置，因此找起来十分轻松。但这毕竟是偷窃，乡田紧张得心跳加速，腋下也直冒冷汗。其实这个计划最危险的部分就是偷毒药。毕竟谁也保不准远藤会不会突然回来，窗外会不会碰巧有人经过。但关于这些问题，乡田早已想好了对策。若是偷药过程被人发现，或是远藤本人察觉到药瓶丢失——只要细心观察一下就能知道他是否察觉，更何况乡田还有"天花板"这个秘密偷窥武器——只要停止杀人计划即可。反正偷窃毒药也不是什么重罪。

　　总之，整个过程没有出现任何意外，乡田顺利地将毒药偷到了手。等远藤从厕所回来后，他随意找了个借口匆匆结束了聊天。一回到房间，乡田便匆忙关上窗户，拉好窗帘，锁好房门，然后坐到桌子前，欢欣雀跃地从怀中掏出那个小巧的褐色药瓶，拿在手上仔细端详起来。

MORPHINUM HYDROCHLORICUM(o.g.)

　　瓶身的标签上写着这样一行英文，多半是远藤做的标记。乡田曾读过医药方面的书籍，对吗啡有一定程度的了解，但接触实物还是头一回。这应该是"盐酸吗啡"吧。他将瓶子拿到灯光下，透过光线仔细地观察起来。瓶底有一些闪亮的白色粉末，分量只有半匙左右。任谁看到都不禁会怀疑：这点儿药品真的能毒死一个大活人？

乡田手边没有测量药品用的天平秤，剂量方面只能参考远藤透露的信息，虽然他当时处于醉酒状态，但从他的态度和语气来看，应该没有撒谎。而且标签上注明的剂量也恰好是乡田所知致死量的两倍，肯定没错。

于是，他将药瓶放到桌上，在旁边摆上事先备好的砂糖和清水，以不输药剂师的精细手法，专心致志地调起药来。其他房客似乎都已入睡，整栋公寓悄然无声。乡田将蘸在火柴棒上的清水，小心翼翼地滴入瓶中。他感觉自己的呼吸声犹如恶魔的叹息，在耳边高亢地回响。这极大地满足了他变态的嗜好。他不由得想起坊间故事里老妖婆在漆黑的洞穴中一边凝视着咕嘟作响的毒药锅，一边咧嘴邪笑的场景。

但另一方面，一种他此前从未预料到的近似恐惧的情绪，在内心深处的某个角落慢慢涌现。随着时间的流逝，这种情绪越来越强烈。

MURDER CANNOT BE HID LONG, A MAN'S SON MAY, BUT AT THE LENGTH TRUTH WILL OUT.（真理总会显露出来，杀人凶手总会让人找到。）

乡田的脑中清晰地浮现出某本书曾引用过的莎士比亚的名句，久久无法消散。虽然乡田坚信自己的计划天衣无缝，但内心不断膨大的不安感令他束手无策。

仅仅为了体验杀人的乐趣，不惜杀死一个无冤无仇的人，这是常人所为吗？你是被恶魔附体了吗？还是已经疯了？你不觉得自己的想法很恐怖吗？

面对调制好的毒药，乡田陷入了矛盾的思绪中，甚至没有察觉到天已经亮了起来。干脆终止这个计划吧……他数次想劝自己放弃，但最终还是无法抵挡杀人所带来的诱惑。

然而，就在他摇摆不定的时候，某个致命的事实从他的脑中闪过。

"哈哈哈哈……"

乡田突然忍不住大笑起来，但为了避免吵醒房客，他极力地压低了声音。

"蠢货！你真是个滑稽的小丑！竟然一本正经地策划出这种粗陋的计划。你这木鱼脑袋难道连偶然和必然都分不清了吗？就算远藤的那张大嘴在节孔的正下方出现过一次，谁又能保证会出现第二次？不！这种巧合绝对不会出现第二次！"

这是何等滑稽的失误。他的计划在出发点上就已经陷入了极大的误区。可不知为何，他此前一直没有察觉到这处明显的致命伤，实在是不可思议。或许这也证明他看似聪明的脑袋，其实存在某种严重的缺陷吧？总之，发现这项致命的错误后，他虽感到极度失望，但内心莫名地轻松了不少。

"多亏我及时发现，不然真要成杀人犯了。哎呀呀，我得救了！"

乡田嘴上虽这么说，但每当进行"天花板上的散步"时，他还是会忍不住抠开那个节孔，不厌其烦地观察远藤的动静。一方面是想确认远藤是否已经察觉到毒药被偷。另一方面是心存侥幸，想着远藤的大嘴说不定还会像上次那样，恰好位于节孔的正下方。现在他无论何时去"散步"，都不忘将毒药揣进衬衣口袋里。

六

某天夜里——那是距离乡田开始"天花板上的散步"大约十天后的事情。这十天来，他每天都会在天花板上来回走好几趟。为避免被人发现，他付出了常人难以想象的努力，"小心翼翼"这种常见词语已经不足以形容他的谨慎——乡田再次来到远藤房间上方转悠。今天是"凶"还是"吉"呢？他的心情像是在等待抽签结果。今天应该能抽到"吉"吧？请赐我一个"吉"吧！他一边祈祷一边轻轻抠开那个节孔。

看到下方光景的那一刻，乡田有些不敢相信自己的眼睛。远藤张着的大嘴今天恰好就位于小孔的正下方，与之前的位置一模一样。乡田难以置信地揉了几次眼睛，甚至抽出内裤上的细绳进行测量。没错！细绳、节孔、大嘴确实在同一条直线上。乡田忍住欢呼的冲动。终于盼来机会的喜悦感与难以言喻的恐惧感在心里盘根错节，形成了一种异样的兴奋感，令黑暗中的乡田激动得面色发白。

他从口袋里掏出毒药瓶，极力控制住微微颤抖的指尖，用力拔出瓶塞，将细绳垂向目标方向。啊！他此刻的心情恐怕难以用语言来形容。一滴、两滴……他使出浑身力气控制住手里的动作，等所有药水滴完，他立刻闭上了眼睛。

"他发现了吗？肯定发现了吧？肯定发现了！啊啊，快了……他马上就要大声呼救了！"

要不是手里还拿着毒药瓶，乡田恨不得立马捂住自己的耳朵。

尽管乡田如此躁动不安，下面的远藤却没有半点儿动静。乡田亲眼见到毒药滴入了他的口中，这点毋庸置疑。可为何会如此安静？乡田战战兢兢地通过小孔往下看了看。只见远藤咂了咂嘴，用手擦了擦嘴巴，接着又呼呼大睡起来。看来事情要比想象中更容易。睡梦中的远藤丝毫没有察觉到自己已经吞下了可怕的毒药。

乡田一动不动地注视着这位可悲受害者的脸。自远藤吞下毒药才过去不到二十分钟，可他却感觉像是过去了两三个小时。突然，远藤猛地睁开眼，撑起上半身，用狐疑的眼神打量四周。兴许是有些眩晕，他摇了摇头，揉了揉眼睛，嘴里嘀咕了几句毫无意义的话语。完成这一连串的怪异举动后，他再次一头倒在枕头上，接着开始不适地来回翻身。

过了一会儿，远藤翻身的幅度逐渐减小，就在乡田以为他不会再动弹的时候，远藤又开始发出了响亮的鼾声。仔细一看，他的脸红得像是喝醉了酒一般，鼻尖和额头不住地渗出豆大的汗珠。也许熟睡的远藤体内正在进行着这世间最可怕的生死搏斗。想到这里，乡田不禁感到汗毛直竖。

又过了一会儿，远藤脸上的红色逐渐消退，变得如纸一般苍白，接着又转为青紫色。不知不觉间，他的鼾声也停了下来，呼吸的次数也逐渐减少……终于，他的胸口不再起伏。就在乡田以为远藤气数已尽的时候，远藤突然又动了动嘴唇，艰难地呼吸起来。反复两三次后，房内彻底归于平静……远藤已经不再动弹。他的头无力地耷拉在枕边，脸上浮现出一丝与活人截然不同的微笑。他终于"归西"了。

乡田全程屏息凝神、手心冒汗地注视着远藤，现在终于可以松口气了。他终于成了杀人犯。不过，这种死法未免也太轻松了。他的受害者甚至都没哀号一声，也没露出一丝痛苦的表情，就这样在鼾声中死去。

"什么嘛，原来杀人这么无趣！"

乡田感到莫名地失望。他想象中的"杀人"充满了无限的刺激感，实际体验过才知道，原来这跟日常琐事一样平淡无奇。如果杀人这么简单，再杀几个也不在话下，乡田这样想着。与此同时，一种难以言喻的恐惧感涌上心头。

漆黑的天花板上，纵横交错的正梁与横梁好似一头巨大的怪物。而乡田如同壁虎般吸附在天花板上，透过节孔凝视着底下的一具尸骸。乡田突然感到一阵不适，脖颈处莫名升起一股凉意。他竖起耳朵，仿佛听到有人正在远处轻声呼唤自己。乡田连忙将视线从节孔处挪开，警惕地环顾四周。兴许是因为盯着明亮的房间看了太久，他的眼前闪烁着无数大小不一的黄色光圈。定睛一看，远藤那两片异常肥厚的嘴唇仿佛随时要从光圈后跳出来一般。

不过，至少最初计划的那些步骤全都顺利完成了。将药瓶从节孔——瓶中还残留着数滴毒液——扔进房间，把节孔盖回原样，打开手电筒确认天花板上没有留下作案痕迹后，乡田慌忙沿着梁木回到了自己的房间。

"这下总算结束了。"

乡田感到大脑和身体一阵麻痹，内心涌起一股像是忘了什么似的不安感。为了强迫自己从这种状态中振作起来，他在壁橱里换起了衣服。直到这时他才发现，那条用来测量方位的内裤细绳不知所踪。该不会是落在现场了吧？乡田慌张地摸了摸腰间，但根本没有发现细绳的踪影。他顿时慌了神，连忙把全身上下摸了一遍，最后发现细绳就在他的衬衣口袋里。他暗自感叹了一声，再次放下心来。但当他准备将细绳和手电筒从口袋里取出时，他又被吓了一跳。毒药瓶上的小软木塞竟然还躺在自己的口袋里。

他刚才往下滴毒药的时候，为了防止瓶塞落在天花板上，特意将其放进了自己的口袋里。没想到丢瓶子的时候竟忘了塞子的事情。虽然这不过是个小物件，但留在手里势必会成为暴露罪行的线索。于是他只好再次鼓起勇气回到现场，将软木塞从节孔处扔了下去。

当天晚上，等乡田躺到床上——为慎重起见，近期他都不打算睡在壁橱里——已是凌晨三点左右。但此时的他仍处于亢奋状态，根本没有睡意。连软木塞都会忘记，说不定其他地方也存在疏漏。想到这里，乡田越发不安起来。为了迫使自己冷静下来，他决定回忆一遍今晚的作案过程，检查一下是否存在其他疏漏。不过，至少在这轮回想中，他没有发现任何漏洞。这次犯罪无论从哪个角度来看，都已经是天衣无缝。

就这样，乡田反复回想作案过程直至天亮。过了一会儿，一些早起的房客开始起身去盥洗室。乡田听到他们的脚步声，也连忙爬起来，穿戴好准备外出。他害怕面对远藤尸体被发现的那一刻，他不知道到时该怎样面对。万一不慎做出什么令人怀疑的举动，岂不是大事不妙。于是他得出结论，这段时间外出回避才是最安全的。但不吃早饭就出门岂不是更可疑？"也对啊！我怎么这么糊涂！"想到这里，乡田又钻回了被窝。

距离早饭时间还有两个小时，乡田在惊恐与不安中备受煎熬。但好在这期间没有发生任何异常。等时间一到，他慌忙吃完早餐，逃也似的离开了出租屋。为了打发时间，他决定去街上漫无目的地闲逛。

七

最终，乡田的计划大获成功。

等他中午回到住处时，远藤的尸体已被搬离住处，警方也已经完成了现场的初步调查。乡田向其他房客打听了一番，果然所有人都认为远藤是自杀，警方也只是走了走过场，简单询问几句便离开了。

关于远藤自杀的原因，目前警方尚未得出结论。但大家一致认为，从他平日的言行举止来看，多半与恋情有关。还有人出面证实，他最近确实刚失恋。但远藤这人素日喜欢将"失恋"挂在嘴边，对他而言，"失恋"等同于口头禅，并不具备实际意义。可由于实在找不出其他理由，大家只好将他自杀的原因归结为情感问题。

不过，且不论原因是否说得通，至少自杀这点毫无疑问。房门和窗户都从内部锁死，装毒药的瓶子就落在枕边，而且事后也证实瓶子就是远藤本人的所有物，整起案件没有任何可疑之处。谁也不会破天荒地将天花板与毒药联系到一起。

可即便如此，乡田还是隐隐地感到不安，提心吊胆了一整天。随着时间一天天过去，他逐渐安下心来，甚至开始为自己高明的杀人手法感到无比得意。

"怎么样？我厉不厉害，看啊，根本没人注意到公寓里竟然住着一个恐怖的杀人犯！"

他不禁想，照这样来看，这世间岂不是存在很多逍遥法外的罪犯？"天网恢恢，疏而不漏"这种口号，不过是当权者们编造出来的宣传语，或者是百姓普遍迷信的谣言。实际上，只要手法足够巧妙，无论是怎样的犯罪，都有办法永远瞒天过海。话虽如此，可每次到了晚上，他还是会不时地想起远藤死去时的样子，这令他倍感恐慌。自那晚以后，他中止了每日例行的"天花板上的散步"。但这不过是心理问题，要不了多久就会忘记。实际上，只要罪行不被揭发，那就足够了。

但是，远藤死后的第三天，事情迎来了新的进展。这天乡田刚吃完晚餐，正当他一边哼着歌一边剔着牙时，许久未见的明智小五郎突然来访。

"你好啊。"

"久疏问候。"

两人热情地打了声招呼。但乡田毕竟处于特殊时期，对于这位业余侦探的来访，他多少会感到有些不适。

"听说这栋公寓里有人服毒自杀了？"

明智刚一坐下，便聊起了乡田最不想提及的话题。估计他是从哪儿听说了这事，想起好友乡田也住在这里，于是想前来打探一番，以满足自己与生俱来的好奇心吧。

"是啊，喝吗啡自杀的。事发当时我刚好不在家，不太清楚详细情况，不过我听说是因为感情问题。"

为了不让明智察觉到他很想回避这个话题，乡田故意装作很感兴趣的样子回答道。

"他平日是个怎样的人？"

明智接着问道。后来两人围绕远藤的为人、死因以及自杀的方法等展开了讨论。乡田起初还有些提心吊胆，回答问题也十分谨慎。但等心态恢复平稳后，他开始变得游刃有余起来，甚至还想趁机捉弄明智一番。

"你有什么看法？我觉得，有可能是他杀！虽然没什么证据，但很多案子越相信是自杀，往往最后越有可能是他杀。"

怎么样？名侦探也搞不懂了吧？乡田一边在心里暗暗嘲讽，一边用戏谑的语气说道。

真是太有趣了，这种感觉令他欲罢不能。

"这事还不好说，从我朋友那听说这事的时候，我也觉得他的死因有些蹊跷。怎么样，能带我去远藤的房间看看吗？"

"可以啊。"乡田得意地说，"隔壁房间是远藤的老乡，他父亲目前委托老乡帮忙保管他的物品。只要跟这个人说一声，他肯定会很乐意让我们进去看的。"

于是，两人沿着走廊朝远藤的房间走去。走着走着，在前面带路的乡田突然产生了一种怪异的感觉。

"凶手带领侦探前往杀人现场调查，古往今来我是第一个吧？"

乡田差点乐出声来，好在最后及时忍住。在乡田的这一生当中，恐怕没有比现在更得意的时刻了。他感觉自己就像个恶棍头领，甚至忍不住想叫自己一声"黑帮老大"。

远藤的朋友——名叫北村，也就是出面做证说远藤生前刚失恋的男子——早就听说过明智的大名，于是二话不说便打开了远藤的房门。远藤的父亲特意从老家赶来，为儿子举办了一场临时的葬礼，下午刚离开。所以远藤房里的遗物还未来得及整理，全都摆放在原位。

远藤被发现死于家中的时候，北村正在公司上班，并不清楚尸体被发现时的详细情况。但他还是把自己掌握的信息尽可能详细地讲了出来。乡田也装作局外人的样子，在旁边顺势补充起自己听来的消息。

明智一边听着两人的讲述，一边用敏锐的目光扫视起房内的物品。当注意到桌上的闹钟时，他若有所思地看了很久。兴许是被上面奇特的装饰所吸引了吧。

"这是闹钟吧？"

"是的。"北村积极地回答道，"远藤生前非常喜欢这个闹钟。那家伙性格十分刻板，每天晚上都要把闹钟调到早上六点。就连住在隔壁的我，每天早上都会被它吵醒。远藤自杀的那天也一样。那天早上我照常听到了闹钟铃声，所以做梦也没想到会发生这种事。"

听完北村的讲述，明智下意识地抓了抓那头蓬乱的头发，露出饶有兴致的表情。

"你确定那天早上闹钟也响了？"

"嗯，我非常确定。"

"你把这个情况告诉警察了吗？"

"没有……为什么要问这个？"

"为什么？你不觉得奇怪吗？如果一个人决心晚上自杀，他还会想着定第二天的闹钟吗？"

"有道理啊，听你这么一说，确实很奇怪啊。"

憨厚的北村这才注意到了异样。但即便经过明智的提点，他也没能完全明白是怎么回事。这也在情理之中。毕竟远藤房间的门窗从内部锁死，装毒药的瓶子就掉落在死者身旁，再加上其他种种情况，所有迹象都在暗示远藤是自杀。

听完他俩的对话，乡田无比震惊，感觉脚下的地面开始崩裂。为什么要把明智带来这里？他开始对自己的愚蠢行为感到懊悔。

接着，明智更细致地调查起房间里的每一个物品，天花板自然也没放过。他将每一块天花板都敲了个遍，检查是否有人出入的痕迹。但即使是名侦探明智，似乎也没有发现乡田他这种特立独行的犯罪手法——通过木板的节孔将毒药滴下来，事后再将节孔恢复原样。这令乡田松了口气。确认没有松动的痕迹后，明智跳过了天花板，调查起了其他位置。

最后，那天并没有任何发现。明智查看完远藤的房间后，去乡田房间与他闲聊了一会儿便回去了。但两人闲聊时的一段对话必须要在这里详细列出。因为这段对话看似毫无意义，其实与本故事的结局有着莫大的关联。

当时，明智从怀里掏出一包飞船牌香烟，一边点火一边像是想起什么似的问道：

"我看你从刚刚开始一直没抽烟，是戒了吗？"

经明智这么一问，乡田才注意到，自己这两天确实没碰过曾经最爱的香烟，像是完全忘了这事儿一般。

"好奇怪啊，我完全没注意到这事儿呢。而且，即便看着你抽，我也丝毫没有想抽的欲望。"

"这种情况是从什么时候开始的？"

"让我想想，应该有两三天了吧！我记得这包敷岛牌香烟是星期天买的，算起来有三天了，我也不知道是怎么回事。"

"也就是远藤死的那天咯。"

听完明智的话语，乡田顿时心头一惊。不过，远藤的死与他不想抽烟又能有什么联系？乡田当时并没有多想，只是笑了笑。但后来他仔细琢磨了一遍才发现，这绝非可以一笑置之的无意义谈话。而且不可思议的是，自那天后，乡田对香烟烟雾的厌恶一直未能消散。

八

乡田莫名地有些在意闹钟的事情，夜晚迟迟无法入眠。即便发现远藤不是自杀，也没有任何证据证明乡田就是凶手，所以他完全没必要过度担忧。可一想到对手是赫赫有名的明智小五郎，他始终无法安心。

意外的是，接下来半个月什么事也没发生。令乡田感到害怕的明智也没有再出现。

"哎呀呀，这下可以画上圆满的句号了吧？"

乡田悬着的心总算放了下来。虽然夜里仍时不时会被噩梦惊醒，但大致还算过得愉快。尤其令他开心的是，自从犯下杀人罪后，曾经让他提不起兴趣的各种娱乐项目竟然也变得有趣起来。因此，最近他几乎每日都外出游玩。

某日，乡田像往常一样在外面玩了个通宵，等回到家已是上午十点左右。他本打算取出被褥小睡一会儿，可刚打开壁橱拉门，"啊！"他突然吓得尖叫了一声，踉跄着向后退了几步。

这是在做梦吗？还是说，自己开始神志不清了？乡田一打开壁橱拉门，便看到死去的远藤的头颅披头散发地倒垂在昏暗的天花板上。

乡田吓得转身就想逃跑，但刚走到门口，他又心想，或许是自己把什么东西错看成了远藤的头颅呢？于是他战战兢兢地回到壁橱前，小心翼翼地往里瞅了一眼。谁知，他不仅没有看错，那颗头颅还冲他咧嘴笑了起来。

乡田再次尖叫了一声，逃也似的冲到门口，打开房门，打算逃离房间。

"乡田！乡田！"

壁橱里的东西开始呼叫起乡田的名字。

"是我是我！别跑啊！"

那声音似曾相识，但可以确定并非远藤的声音。乡田这才停下脚步，战战兢兢地回过头。

"真是失礼了。"

说着，那人模仿乡田每日重复的动作，从壁橱里的天花板上钻了下来。定睛一看，竟是明智小五郎。

"抱歉吓到你了。"身着西装的明智从天花板上跳下来，满脸微笑地说，"我试着模仿了一下你的行为。"

这句话极具冲击力，比幽灵什么的要恐怖得多。明智肯定已经弄清楚了整个案件的真相。

乡田此刻的心情无法用言语来形容，整起事件像风车一样在脑中旋转闪现，他已经不想再去思考什么，只是呆呆地望着明智。

"那我有话直说了，这是你衬衣上的纽扣吧？"

明智用不夹杂任何感情的语气说完，将手里的一枚小纽扣递到了乡田面前。

"我问过其他房客，没人丢失过这种纽扣。啊，就是你这件衬衫上的吧？你看，你衬衫的第二枚扣子掉了。"

乡田惊愕地低头一看，衬衫上的纽扣确实少了一颗。乡田完全想不起它是什么时候脱落的。

"这枚纽扣跟你衬衫上其他的纽扣形状一样，应该是你的没错。但你猜我是从哪儿捡到的？是在天花板上，而且是在远藤房间的上方。"

面对铁证如山的事实，乡田还是有些难以置信，为什么自己没有注意到纽扣的事情？明明当时用手电筒仔细检查过了。

"远藤是你杀的吧？"

明智露出天真无邪的笑容——但这种笑容只会让乡田觉得毛骨悚然——他盯着乡田无所适从的眼睛，直截了当地问道。

乡田感到一切都完了。如果明智只是给出了一番推理，不管逻辑多么严谨，他都还能有辩解的余地。可此刻铁证如山，乡田已是百口莫辩。

此刻的乡田如同一个泫然欲泣的小孩，紧闭着嘴巴，呆站在原地。令人惊讶的是，他的脑中竟朦胧地浮现出许久以前——比如小学时代——的光景。

在接下来的两个小时里，两人依旧一动不动，维持着原有的姿势，相互看着彼此，久久没有说话。

"多谢你告诉我真相。"明智率先打破沉默，"我绝对不会向警察告发你的。我只是想确认一下自己的判断是否正确。你也知道，我只是对'挖掘真相'感兴趣，其他事情对我来说并不重要。而且，这起案件其实没有任何证据。至于那枚衬衣纽扣，哈哈……那不过是我耍的一个小伎俩。如果没有任何物证，我想你是不会认罪的。恰好我上次来找你的时候，发现你衬衣上的第二枚纽扣掉了，于是就趁机利用了这一点。这枚纽扣是我自己去店里买来的。一般人通常不会注意到扣子是什么时候掉的，加上你当时处于高度兴奋状态，所以我猜这招应该有用。"

"至于我怀疑远藤不是自杀的理由，想必你也清楚，就是那个闹钟。我后来去找过负责这片区域的警察局长，从一个负责现场勘查的刑警那里了解到了当时的详细情况。据说装吗啡的瓶子掉在了一个香烟盒子里，里面的药水洒到了香烟上。警方并没有特别在意这一点，但仔细想想，你不觉得这事很奇怪吗？听说远藤是个性格极其刻板的人，一个连死都要板正地躺回床上的人，却把装毒药的瓶子扔在了香烟盒里，还让里面的药水洒了出来，这未免太不自然了。"

"而且还有件事加深了我的怀疑，那就是我发现你从远藤死的那天起，就不再抽烟了。即便这两件事只是偶然的巧合，也难免让人觉得可疑。接着，我又想起你曾经十分热衷于模拟犯罪，而且有常人难以理解的犯罪癖。"

"后来，我多次来到公寓，背着你对远藤的房间进行了调查。最后我断定，凶手潜入房间的通道只可能是天花板，于是我模仿你所谓的'天花板上的散步'，从上方观察起了房客们的举动。尤其会趴在你房间上面观察很长一段时间。你那焦躁不安的样子完全被我看得一清二楚。"

"随着调查的深入，我越来越笃定，你就是凶手。但遗憾的是，我没有任何确凿的物证。于是我想出了刚刚那个办法。哈哈哈哈。那我就先告辞了，我想我们应该没有机会再见面了。因为我看你已经下定决心要去自首了。"

听完明智讲解的小伎俩，乡田已经没有了任何情绪。就连明智离开时，他都是面无表情。此刻的他脑中只在想一件事情——被执行死刑的时候，会是怎样一种心情？

他将毒药瓶通过节孔扔进房间的时候，以为自己并没有看清瓶子掉落的位置。但实际上，他连毒药洒到香烟上的情形都看得一清二楚。而这一幕藏在了他的潜意识里，导致他从精神上对香烟感到厌恶。